Heini Holtenbeen, Mudder Cordes & Co.

Hermann Gutmann

Heini Holtenbeen, Mudder Cordes & Co.

Bremer Originale

EDITION TEMMEN

Die Deutsche Bibliothek verzeichnet diese Publikation in der Deutschen Nationalbibliografie; detaillierte bibliografische Daten sind im Internet über http://dnb.ddb.de abrufbar.

2. Auflage 2020

Umschlagillustration: Peter Fischer

Hohenlohestraße 21 – 28209 Bremen
Tel. 0421-34843-0 – Fax 0421-348094
info@edition-temmen.de
www.edition-temmen.de

Printed in Hong Kong

ISBN 978-3-8378-1106-3

Inhalt

Originale

Wer ist ein Original?

Die Frage hat sich bei der Niederschrift dieses Buches immer wieder gestellt, ohne dass es eine allseits befriedigende Antwort gegeben hätte.

Keiner von denen, die zurate gezogen wurden, wusste genau Bescheid.

Zum Glück gibt es etliche Nachschlagewerke, die helfen, etwas Grund in die Überlegungen zu bekommen.

Das Brockhaus-Wörterbuch aus den letzten Jahren des 20. Jahrhunderts zum Beispiel vertritt eine sehr treffende Ansicht über Originale:

»Ein Original ist jemand, der unabhängig von der Meinung anderer in liebenswerter Weise durch bestimmte Besonderheiten auffällt.«

Die Brüder Grimm sagen in ihrem Wörterbuch der deutschen Sprache: Ein Original sei ein Mensch, der äußerlich oder innerlich etwas Ursprüngliches, Selbstständiges oder Sonderbares an sich hat oder zeigt.

Grimms setzen noch einen drauf und zitieren Gotthold Ephraim Lessing:

O welch ein Affe!
Damit ichs kurz zusammen raffe:
Ein ganz originaler Affe.

Nun gut, da kann sich jeder denken, was er mag.

Im Übrigen steht ja in jedem gebildeten Haushalt ein Duden, und der Duden sagt kurz und bündig:

Ein Original ist ein eigentümlicher Mensch.

Das hat aber auch schon das Brockhaus Lexikon aus dem Jahre 1890 festgestellt. Für den alten Brockhaus ist ein Original ein seltsamer Mensch, ein Sonderling.

Das bedeutet allerdings nicht, dass etwa ein Quartalssäufer zwangsläufig ein Original ist. Solche »Originale« gibt es in fast jeder Familie. Und wenn in Bremen im 19. Jahrhundert ein 450 Pfund schwerer Gastwirt als Original bezeichnet wurde, dann möchte man doch bedauernd die Achseln zucken.

Abgesehen davon, dass dieser offenbar kranke Mann, der als »dicker Heinrich« in die Geschichte der Schlachte eingegangen ist, aus der Sicht des 21. Jahrhunderts nichts Sonderbares an sich hatte. Schwergewichte gibt es heutzutage, im Zeitalter von McDonald's, viele, wenn auch nicht alle 450 Pfund schwer sind.

Originale sind vor allem Menschen, die durch ungewöhnliche Äußerungen und Handlungen meist komischer Art zu Originalen geworden sind.

Wir wollen es aber nicht übertreiben mit unseren Originalen.

Johann Wolfgang v. Goethe, der ja zu allem etwas gesagt hat, gießt einen Schuss Wermut in unseren Original-Wein und lässt seinen Mephisto im zweiten Teil des Faust zum geistig etwas überdrehten Baccalaureus sagen:

Original, fahr hin in Deiner Pracht! –
Wie würde dich die Einsicht kränken:
Wer kann was Dummes, wer was Kluges denken,
Das nicht die Vorwelt schon gedacht!

Fieke Peymann und ihr Mann Fidi mit der trockenen Leber

»Ick weer domals dree Jahr, as ick de Ehre haar, disse Dame kennen to leern.«

So beginnt Georg Droste (1866 - 1935), der Bremer Heimatschriftsteller, in seinem Buch »Ut mien Muskantentied« seine Geschichte über Frau Fieke Peymann, die damals, als er sie - wie er behauptet - kennenlernte, mehr als 90 Jahre alt gewesen sein müsste. Sie hatte - so erzählte Droste - ein gelbes und faltenreiches Gesicht und sah aus wie eine ausgequetschte Zitrone.

Nun weiß jeder aus eigener Erfahrung, wie das so ist mit dem Erinnerungsvermögen. Es spielt einem im Laufe seines Lebens so manchen Streich.

Immerhin, als Georg Droste geboren wurde, war Fieke Peymann bereits seit zwölf Jahren tot, wenn man den Veröffentlichungen trauen darf. Sie lebte nach offiziellen Angaben von 1780 bis 1854.

Dennoch wollen wir uns mal vorstellen, dass die alte Dame im Jahre 1869 ganz langsam den Osterdeich runnergetöffelt ist und sich neben den kleinen Georg und seine Großmutter gesetzt hat, um ein bisschen zu schnacken, über was, das wusste Droste im Nachhinein nicht zu erzählen.

Sie trug - daran wiederum konnte sich Droste genau erinnern - einen allmächtigen Kapotthut mit faustdicken Rosen auf dem Rand. Die Krempe des Hutes reichte ihr wohl zwei Handbreit über das Gesicht weg. Außerdem hatte sie sich mitten im Sommer in ein dickes kunterbuntes wollenes Umschlagtuch gehüllt.

Fieke Peymann hatte zwei große Taschen bei sich, die aus einem Stück Teppich genäht worden waren. Darin befanden sich, wie der kleine Georg von seiner Großmutter wusste, Bänder und Zwirn. Damit handelte sie.

Aber diesen Handel betrieb sie genau genommen nur zum Schein. Ihr Geld verdiente sie mit dem Kartenlegen: »... Sieben, Acht, Neun, Zehn, Bube, Dame, König. As – ich seh' einen schwarzen Herrn, der Ihnen übern kurzen Weg Glück bringt.«

Jeder in Bremen wusste, dass Fieke Peymann Karten legen konnte, und sehr viele Bremer, vor allem Frauen der Kaufleute, die in feinen Häusern in der Vorstadt wohnten, waren überzeugt davon, dass Fieke Peymann die Wahrheit aus den Karten las.

Geld nahm sie dafür nicht. »Das kost' nix«, sagte sie.

Aber wenn sie mit ihrer Kunst am Ende war, kniff sie ihre Augen zu und hielt ihre Hand auf.

Wenn sie die Augen wieder geöffnet hatte, fand sie ein paar Groschen in der Hand, die da vorher nicht drin gewesen waren.

Von seiner Oma wusste der kleine Georg auch, dass Fieke Peymann einen großen Krieg vorausgesagt hatte.

Der sollte ausbrechen, wenn in Preußen ein König mit einem kurzen Arm auf dem Thron säße.

Deutschland würde den Krieg »verspeelen«, wie sie sagte, und auch Bremen käme in Bredullje. Das Blut jedenfalls würde irgendwann die Wachtstraße »hendaalfleeten«.

Ja, guck mal. Das ist tatsächlich eingetroffen. Als Kaiser Wilhelm II., der mit dem kurzen Arm, auf dem Thron saß, brach der Erste Weltkrieg aus, und am Ende, im Februar 1919, als die Division Gerstenberg in der Wachtstraße und überhaupt in der Innenstadt Kanonen gegen die Revolutionäre auffuhr, da ist tatsächlich Blut geflossen. 75 Tote und 170 Verwundete auf beiden Seiten.

Aber da lebte Fieke Peymann schon lange nicht mehr.

Fieke Peymann, die mit Johann Friedrich Peymann verheiratet war, wohnte in einem etwas baufälligen Haus, das in einem Gang unweit des Schweinemarktes in der Neustadt stand. Genauer gesagt: Fieke wohnte im Hause Bei der Reeperbahn 4.

Johann Friedrich Peymann hatte im Laufe seines Lebens sein Geld mal als Schenkwirt, mal als Fuhrmann und mal als Geiger in Wirtschaften verdient.

Von dieser seiner musischen Zeit soll jetzt die Rede sein.

Herr und Frau Peymann, die gut miteinander klarkamen, hätten zeit ihres Lebens recht glücklich sein können, auch wenn die Sonne selten durch die kleinen Fensterscheiben in die Stube der Peymanns schien. Sonne allein tut's nicht.

Und die kleinen Geschichten, die sich Herr Peymann mit dem anderen Geschlecht gönnte, waren nicht der Rede wert.

Zum Beispiel konnte er es sich nicht versagen, der drallen Meta aus dem Hökerladen von nebenan gelegentlich in die verführerisch roten Wangen zu kneifen.

Fieke lachte nur darüber, denn sie wusste, dass ihr Mann harmlos war.

Meta lachte mit und dachte, lass doch den »ollen Keerl«, der tut dir doch sowieso nix. Und damit hatte sie ja auch recht.

Herr Peymann und seine Frau Fieke waren - wie man sich vorstellen kann - mit irdischen Gütern nicht gesegnet, was ihnen aber nichts ausmachte. Der liebe Gott wollte das so. Ihr tägliches Brot hatten sie immer - mal mehr, mal weniger.

Fieke Peymann brachte so manchen guten Groschen mit nach Hause, vor allem wenn sie auf Geschäftstour in den besseren Bremer Vierteln unterwegs war. Die reichen Damen dort wollten unbedingt einen Blick in ihre Zukunft riskieren, was sie sich auch was kosten ließen. Das war aber nur während der Kontorzeiten möglich. Dann saßen ihre Männer nicht zu Hause.

Denn die Männer, in der Regel seriöse Kaufherren, hielten nichts von derlei Hokuspokus, der obendrein Geld kostete.

Fieke Peymann kannte ihre Zeiten.

Johann Friedrich Peymann war ein begabter Geigenspieler, der vor allem in den Neustädter Wirtschaften, in denen die Zigarrenmacher verkehrten, seine volkstümliche Musik zum Besten gab.

Sein Publikum war gut. Zigarrenmacher verdienten mehr Geld als andere Leute. Sie gaben es aber auch gern wieder aus, nicht nur für Schnaps und Bier, sondern eben auch für die Peymann'sche Musik.

Leider jedoch litt Herr Peymann – und das war ein Wermuttropfen im Leben der Peymanns – unter einem unstillbaren Durst, der sich unglückseligerweise am besten mit Schnaps bekämpfen ließ.

Obwohl die Zigarrenmacher Herrn Peymann nicht verdursten ließen und so manchen »Kurzen« für ihn ausgaben, brauchte er immer noch einen »Kleinen« überher.

In den Wirtschaften blieb so mancher von Herrn Peymann mit seiner Geige verdiente Groschen an der Theke hängen. Fieke hatte am nächsten Morgen Anlass, mit ihrem Mann zu zanken, was dem natürlich unangenehm war. Sie hatte ja recht. Aber es fiel ihm schwer, ungeschoren an Theken vorbeizukommen.

Es war ein sonniger Apriltag in den vierziger Jahren des 19. Jahrhunderts.

Peymanns waren nicht mehr die Jüngsten. Aber älter wurden andere auch, und die Peymanns nahmen das Leben gelassen.

An diesem sonnigen Tag musste Frau Fieke am frühen Nachmittag Karten legen gehen.

Mittags hatte es ein recht gutes und nahrhaftes Essen gegeben. Fieke hatte die Küche aufgeräumt und verabschiedete sich von ihrem Mann.

Kaum aber war sie aus dem Haus, holte Herr Peymann seinen »Schniepel«, seinen Leibrock mit spitz zulaufenden Schößen, aus dem Schrank, bürstete seinen Hut sorgfältig ab, nahm seine Geige unter den Arm und zog auf den Swutsch.

Die Geige wurde ihm schon nach wenigen Schritten lästig. Er ging zu einem Branntweinbrenner in der Westerstraße, genehmigte sich ein paar Schluck, versetzte bei dem Brenner seine Geige und zog weiter. Er ging durch die Süderstraße, geriet ins Schlingern, nachdem er in mehreren Kneipen »Guten Tag« hatte sagen müssen, und nahm schließlich Kurs auf die Wirtschaft von Landeskasper in der Annenstraße.

Beim Landeskasper verkehrte das fahrende Volk, dem sich Peymann verständlicherweise sehr verbunden fühlte. Musikanten waren darunter, Orgeldreher, Seiltänzer und andere Artisten – lauter lustiges Volk.

Sonntags war meistens Tanz. Dann ging es beim Landeskasper hoch her. Das Geld saß bei den Gästen locker. Peymanns Taschen wurden schwer von den vielen ihm zugesteckten Groschen.

An diesem sonnigen Apriltag allerdings war es beim Landeskasper still.

Der Wirt trieb sein Vieh auf die Weide. Die Wirtsfrau hielt ihren Mittagsschlaf. Das Dienstmädchen hatte heimlich das Haus verlassen und ging mit ihrem Liebsten, einem Soldaten von der Infanterie, auf dem Neustadtswall spazieren.

Peymann saß mutterseelenallein in der Gaststube. Aber er kannte die Hausgelegenheit. Er schenkte sich aus einer großen bauchigen Flasche, die auf dem Tresen stand, einen großen Klaren ein, dann noch einen und noch einige mehr.

Eine große Müdigkeit überkam ihn. Er setzte sich in der Gaststube auf eine Bank - und das war das Letzte, was Peymann zur Kenntnis nahm.

Was dann passierte, lässt sich im Einzelnen nicht mehr rekonstruieren. Zeugen gibt es nicht.

Landeskasper kam gegen sieben Uhr nach Hause. Wenige Minuten später betraten zwei Gäste die Wirtschaft und verlangten einen Klaren.

Landeskasper wollte ihnen aus der bauchigen Schnapsflasche einen Klaren einschenken. Aber die Flasche war nicht da.

»Nanu!«

Er fragte seine Frau: »Seeg mal, wo steiht denn de Buddel mit'n Snaps?«

Die Wirtin hatte keine Ahnung.

»Ick weet von nix!«, sagte sie und verwies an Gesine, die - wie sie sagte - den ganzen Nachmittag auf den Laden aufgepasst habe.

Gesine, die Verliebte und infolgedessen Pflichtvergessene, wurde befragt.

Sie war nicht auf den Mund gefallen und meinte, sie verstünde das nicht, sie hätte die Flasche noch vor zehn Minuten an ihrem Platz stehen sehen.

Landeskasper verstand die Welt nicht mehr.

Fieke Peymann aber - ein paar Straßen weiter - verstand die Welt auch nicht.

Sie war nach einigen ihrer lohnenden Besuche in Bremer Kaufmannshäusern am späten Nachmittag nach Hause gekommen. Sie wunderte sich allerdings, dass Johann Fidi, wie sie ihn nannte, nicht ungeduldig auf sie wartete. Sonst hatte er es doch immer so drock, sich das schöne Geld, das sie eingenommen hatte, zeigen zu lassen.

Sie guckte in den Kleiderschrank, wo normalerweise sein Schniepel hing. Aha! Die Geige fehlte, Fieke wusste Bescheid.

Sie wartete bis abends spät auf ihren Mann, ging schließlich ins Bett und konnte nicht einschlafen.

Am nächsten Morgen stand sie früh auf, ging auf die Straße und fragte jeden, den sie traf: »Hewwt Se Peymann nich sehen?«

Sie fragte den Milchmann. Sie fragte den Bäckerjungen. Sie fragte jedes Dienstmädchen, das ihr über den Weg lief.

Sie stellte sich vor die Schule und fragte jeden Schüler, den sie zu fassen kriegen konnte.

Schließlich klapperte sie alle Kneipen ab, von denen sie wusste, dass ihr Fidi dort Station zu machen pflegte.

»Hewwt Se Peymann nich sehen?«

Ja, in einigen Kneipen war er gewesen, beim Branntweinbrenner zum Beispiel, wo Fieke die Geige fand und mit dem Geld, das sie vorsichtshalber eingesteckt hatte, auslöste.

Aber Peymann selbst war verschwunden.

Wie ein Lauffeuer ging es durch die Neustadt: »Wo is Peymann? Hewwt Se Peymann nich sehn?«

»Ja, ja«, meinte Landeskasper, der ein bisschen abergläubisch war, »mit Peymann is dat just so wie mit mienen groten Snapsbuddel. Se sind beide an'n hellichten Dage verschwunden und kamt nich wedder.«

Er sah Schreckliches voraus. Er sagte: »Wenn nu man nich de Welt unnergeiht!«

Die Tage gingen dahin.

Am Dienstag hatte man Peymann zum letzten Mal gesehen.

Am Freitagmorgen war er immer noch nicht aufgetaucht.

Fieke Peymann konnte nicht anders. Sie ging wieder auf die Straße, und wen sie traf, den sprach sie an.

»Hewwt Se Peymann nich sehn?«

Und wen sie nicht traf, der wusste trotzdem Bescheid.

Einer fragte den anderen: »Hewwt Se Peymann nich sehn?«

Am Freitagvormittag wurde Landeskaspers Stall ausgemistet. Der Stall sollte danach gründlich gereinigt und »gewittjet« werden, wie immer im Frühjahr, wenn das Vieh ausgetrieben war.

Der eigens bestellte Mistbauer aus Stuhr hatte zunächst einmal gründlich gefrühstückt. Dann war er in den Stall gegangen, hatte sich die Forke geschnappt und zu arbeiten begonnen.

Plötzlich aber schrie es aus dem Mist: »Au, verdammt!«

Der Bauer erschrak, zog sich vorsichtshalber aus dem Stall zurück und benachrichtigte Landeskasper.

»De Dübel sitzt im Stall!«, warnte er.

Landeskasper setzte sich beherzt einer möglichen Lebensgefahr aus. Er verschwand im Stall, um sich das Spielwerk anzugucken. Nach einiger Zeit schob er eine Gestalt durch die Tür nach draußen.

Es war Johann Fidi Peymann.

Der Mistbauer aus Stuhr ging beruhigt wieder an seine Arbeit. Am Ende brachte er auch noch die große bauchige Schnapsflasche ans Licht der Welt, wenn auch leer.

Landeskasper zeigte sich erleichtert.

Er sagte: »Mien Klarenbuddel ist wedder da, Peymann ist wedder da. De Welt geiht nu doch nich unner!«

Der Ordnung halber sollte gesagt werden, dass Johann Fidi Peymann, der ja nun nach Hause musste, was ihm schwer ankam, von seiner Fieke und zu seinem grenzenlosen Erstaunen mit einem schallenden Kuss empfangen wurde, obwohl er naturgemäß nicht sehr gut roch.

Aber noch viele Jahre war es in der Neustadt üblich, dass sich die Neustädter mit der Frage begrüßten: »Hewwt Se Peymann nich sehn?«

Ja, selbst zu jener Zeit, da Johann Fidi Peymann schon im Himmel war, lebte er in den Begrüßungen der Neustädter weiter.

Doch eine fast existenzielle Frage ist nie beantwortet worden:

Wieso hat Fieke Peymann drei Tage nach ihrem Johann Fidi gesucht und ihn nicht gefunden?

Sie hätte doch ihre Karten fragen können.

Na ja, vielleicht hat sie es getan. Aber die Karten haben geschwiegen – aus welchen Gründen auch immer.

Friedrich Wagenfeld - Genie oder Original oder beides

Ein junger Redakteur vom »Weser-Kurier« fragte vor vielen Jahren einen älteren, sehr erfahrenen Kollegen nach Friedrich Wagenfeld. Er wollte wissen, ob Wagenfeld ein Genie oder ein Original gewesen sei.

Der ältere Bremer, der sich in seiner Freizeit mit der Heimatforschung beschäftigte, antwortete: »Er war weder Genie noch Original. Er war ein unseriöser Mensch!«

Damit war alles gesagt, und Friedrich Wagenfeld hätte in diesem Buch normalerweise keinen Platz bekommen.

Er hat ihn dennoch bekommen.

Ob zu Recht oder zu Unrecht - das ist eine Frage, deren Beantwortung dem Leser überlassen bleibt.

Genial, originell und unseriös sind drei Eigenschaften, die einander nicht unbedingt ausschließen.

Aber fangen wir mal an mit unserer Geschichte.

Friedrich Wagenfeld wurde im Jahre 1810 in Bremen als Sohn eines wohlhabenden Krämers in der Faulenstraße geboren. Er besuchte die Gelehrtenschule und beschäftigte sich schon dort neben der griechischen und der lateinischen Sprache auch mit Studien in der arabischen Sprache.

Friedrich Wagenfeld war also ein »hoffnungsvoller dschunger Mann«, wie man in Bremen zu sagen pflegte.

Er studierte in den Jahren 1829 bis 1832 in Göttingen Theologie und fügte hebräische und andere Sprachforschungen hinzu. Er hielt sich also in anständigen wissenschaftlichen Disziplinen auf, die weit entfernt davon sind, als unseriös zu gelten.

Irgendwann hielt er eine Probepredigt, mit der er aber wohl nicht den richtigen Ton traf. Der Erfolg dieser Predigt war, dass Wagenfeld Göttingen als verbummelter Studiosus verließ.

Man weiß nicht genau, womit er danach seinen Lebensunterhalt verdiente. Immerhin hatte er einen wohlhabenden Vater, der möglicherweise sehr stolz auf seinen akademisch gebildeten Sohn war und ihn unterstützte.

Jedenfalls tauchte Friedrich Wagenfeld eines Tages in Brinkum bei Bremen auf, wo er sich als Hauslehrer verdingte.

Dort nun, in der ländlichen Einsamkeit, heckte er einen Streich aus, den er der gesamten wissenschaftlichen Welt spielte. Wo immer zu jener Zeit an gelehrten Stammtischen diskutiert wurde, wo immer zwei Geistesleuchten zusammensaßen, Friedrich Wagenfeld war im Gespräch.

Dazu muss man ein bisschen ausholen.

Es war also so, dass um 1250 vor Christi Geburt in Berytus, dem heutigen Beirut, oder in Tyrus, genau weiß man das nicht, ein Schriftsteller namens Sanchuniathon lebte, der eine Urgeschichte Phöniziens und Ägyptens verfasst haben soll.

Es wurde jedenfalls kolportiert, dass es im Altertum neun Bücher eines dem König Abibal gewidmeten und aus den Tempelarchiven zusammengestellten Geschichtswerkes in phönizischer Sprache gegeben habe, als deren Verfasser der bewusste Sanchuniathon galt.

Um die Angelegenheit zu vervollkommnen, sei hinzugefügt, dass der König Abibal der Vater Hirmas war. Hirmas war wiederum befreundet mit David und Salomon und gewissermaßen eine biblische Gestalt.

Um Christi Geburt übersetzte ein gewisser Herennius Philo aus Byblos das Werk des Sanchuniathon ins Griechische.

Diese Übersetzung erkannte der Bischof von Cäsarea, Eusebius, als echt an. Er verfasste nach ihr in seiner »Praeparatio evangelicas« einen Abriss der phönizischen Mythologie und Kosmogonie.

Das Buch des Bischofs Eusebius wurde von Orelli im Jahre 1826 in Leipzig herausgegeben. Es soll nur ein Abklatsch des tatsächlichen Werkes gewesen sein.

Dieses tatsächliche Werk war – trotz seiner Bedeutung für die Menschheitsgeschichte und für nahezu alle Wissenschaften – verloren gegangen.

Das Original war sowieso verschwunden und die griechische Übersetzung nicht mehr aufzufinden.

Plötzlich vernahm man eine Stimme aus Brinkum, die der staunenden wissenschaftlichen Welt mitteilte, dass diese griechische Übersetzung gefunden worden sei.

Die Stimme gehörte Friedrich Wagenfeld.

Er teilte mit, dass er sich im Besitz der handschriftlichen Übersetzung befinde.

Ergänzend fügte er hinzu, dass er sie zwar nicht in Brinkum gefunden habe, was auch wohl niemand erwartet hatte. Die Handschrift stamme aus einem portugiesischen Kloster. Außerdem – was die Angelegenheit zusätzlich spannend machte – habe ihm, dem Friedrich Wagenfeld, ein hochrangiger Offizier die Handschrift eigenhändig überbracht, die er nun in einem ersten Auszug zu veröffentlichen gedenke.

Tatsächlich saß die wissenschaftliche Welt bald darauf vor dem veröffentlichten Auszug und konnte sich von dem sensationellen Inhalt überzeugen.

Das Werk trug den Namen »Sanchuniathons Urgeschichte der Phönizier, in einem Auszuge aus der wieder aufgefundenen Handschrift von Philos vollständiger Übersetzung« (Hannover 1836).

In einem Vorwort des aufsehenerregenden Fundes hatte der in Hannover lebende Georg Friedrich Grotefend (1775 – 1853), berühmter Sprachwissenschaftler und Entzifferer der Keilschrift, auf die Bedeutung des Werkes hingewiesen.

Wenn sich also schon Grotefend positiv äußerte, wer sollte da noch zweifeln oder sich zusätzliche Gedanken machen? Zumal Wagenfeld gleich mehrere Faksimile der Original-Handschrift mitlieferte.

Es folgten der griechische Text mit einer lateinischen Übersetzung (veröffentlicht in Bremen 1837) und dann der deutsche Text mit einer Vorrede von dem namhaften Hamburger Philologen Johannes Classen (Lübeck 1837).

Die Geisteswelt stand kopf.

Man sonnte sich an der sofort viel gepriesenen Schönheit des wiedergefundenen Werkes. Alle Geistesgrößen waren sich einig darin, Zeitzeugen eines großen wissenschaftlichen Ereignisses zu sein.

Friedrich Wagenfeld war von einem Tag zum anderen zu einem berühmten Mann geworden. Er wurde, wie man sich vorstellen kann, mit Ehrungen überhäuft.

Dennoch gab es einige zweifelnde Wissenschaftler, die - als das Hauptwerk veröffentlicht worden war - erst bedenklich die Stirn in Falten legten und dann die Köpfe schüttelten.

Sollte, so fragte sich der eine oder andere, Friedrich Wagenfeld das dem Sanchuniathon zugeschriebene Werk aus eigener Fantasie produziert haben? Unwahrscheinlich, aber - nicht unmöglich.

Die Fragen, die man sich in den Gelehrtenstuben stellte, wurden in jenem Augenblick beantwortet, als man in der angeblich griechischen Ur-Handschrift aus der Zeit um Christi Geburt das Wasserzeichen einer Osnabrücker Papierfabrik aus dem 19. Jahrhundert entdeckte.

Friedrich Wagenfeld hat dieses von ihm selbst verschuldete Malheur, das verbunden war mit seinem Sturz in die tiefsten Tiefen der wissenschaftlichen Hölle, nicht verkraftet.

Er geriet, nach Bremen zurückgekehrt, an den Alkohol, der ihm aus seiner Göttinger Zeit nicht fremd war. Er brachte zunächst sein Erbe durch, und nachdem nichts mehr da war, blieben ihm nur noch Not und Sorge als Einzige, die zu ihm hielten.

In seinen letzten Lebensjahren geisterte er als bremisches Stadtoriginal nachts durch die Straßen der Stadt.

Wenn er tagsüber nicht im Bett lag, was sein Lieblingsaufenthaltsort geworden war, sondern nach draußen ging, johlten die Kinder hinter ihm her und zeigten hämisch lachend auf das große Buch, das er stets unter dem Arm bei sich trug.

Es war sein »Sanchuniathon«.

Wer sich darin eintragen wollte, musste ihm einen Schnaps spendieren.

Dennoch gab es für ihn in dieser Periode des Abstiegs auch produktive Zeiten.

Friedrich Wagenfeld schuf die Bremer Volkssagen, von denen die schönsten noch heute gern gelesen werden.

Dazu gehört die Geschichte der Sieben Faulen, die sich Ludwig Roselius Senior, Kaffeekaufmann und Schöpfer der Böttcherstraße, zum Vorbild genommen hat.

Fremden aber sollte man die Geschichte von der Glucke und ihren Küken erzählen, denen die Stadt Bremen ihre Existenz verdankt – der Sage nach.

Friedrich Wagenfeld ist nicht alt geworden.

Zum Alkohol kam eine Krankheit, der sein Körper nicht gewachsen war. Im Alter von 36 Jahren ist er in Bremen gestorben.

Fritz Pflüger und Jan Griffel, der dicke Otten, Tietzel und Moll

Sie standen an ihrem Eckplatz in der Sögestraße einträchtig beieinander, die Herren Fritz Pflüger und Jan Griffel, und warteten auf Kundschaft. Es war Mitte des 19. Jahrhunderts. Den Eckplatz in der Sögestraße nannten sie ihr »Frische-Luft-Kontor«.

Wer einen Boten benötigte, brauchte sich nur an sie zu wenden. Fritz Pflüger und Jan Griffel erledigten Botengänge jeder Art, und zwar prompt.

Der Weizen aber blühte für Fritz Pflüger und Jan Griffel, wenn im Sommer an der Schlachte der Schellfischhandel in Schwung kam.

Die beiden unzertrennlichen Kompagnons verließen dann ihr Frische-Luft-Kontor und wandten sich den Schellfischen zu. Ihre Aufgabe war es, die Fische nach allen Regeln der Kunst auszunehmen.

Sie saßen in einem kleinen Beiboot, arbeiteten wie verrückt und sangen dabei englische Matrosenlieder. In jungen Jahren, so erzählten sie, hatten sie ihren Lebensunterhalt als Seeleute verdient. Da lernte man solche Lieder.

Fritz Pflüger pflegte über das Leben an Bord in höchsten Tönen zu schwärmen. Doch, so erzählte er, mit den Jahren hätten sie sich, er und Jan Griffel, nach einer Stellung in einem Kontor an Land umgesehen. Die Stellung hätten sie dann ja auch gefunden – an ihrer Ecke in der Sögestraße.

Eine lohnenswerte Arbeit fanden Fritz Pflüger und Jan Griffel in der Weihnachtszeit.

Wie schon seit etlichen Jahren wurden am Dom, aber auch in einem Winkel zwischen Rat- und Stadthaus (an der Stelle des Stadthauses befindet sich seit 1913 das Neue Rathaus) Tannenbäume zum Verkauf angeboten.

Der Handel florierte, denn in den bürgerlichen Familien konnte man sich ein Weihnachtsfest ohne einen Tannenbaum gar nicht mehr vorstellen, obwohl die Tannenbaum-Mode noch verhältnismäßig jung war. Die ersten Weihnachtsbäume gab es in Bremen im Jahre 1813.

Fritz Pflüger und Jan Griffel, geschickte Logistiker des 19. Jahrhunderts, waren stets bereit, gegen entsprechende Entschädigung den Transport der gekauften Bäume vom Markt in die Häuser ihrer Kunden zu besorgen.

Die beiden Geschäftspartner vom Frische-Luft-Kontor waren auch bei der Bremer Jugend sehr populär. Wann immer sie von einem Rudel Jungens gewahr genommen worden waren, sie wurden bejubelt.

Besonders beliebt bei den Jungs war Fritz Pflüger.

Er hatte einen unverwüstlichen Humor. Er beleidigte niemanden und hatte feine Manieren, was man von einem Eckensteher nicht unbedingt erwarten konnte.

Die Jungs erzählten einander, dass ein unbekanntes und sicherlich geheimnisvolles Schicksal Fritz Pflüger aus der Lebensbahn geworfen habe und ihn zum Eckensteher hatte werden lassen.

Eigentlich, so wurde hinter der vorgehaltenen Hand gesagt, sei er zu höheren Dingen geboren worden. Leider habe das nicht so recht geklappt.

Der Bremen-Chronist Heinrich Helmers (1847 - 1908) erzählt über Fritz Pflüger: »Begegnete er einer Gesellschaft, die spät abends lärmend von irgendeiner Feier heimkehrte, so konnte man sicher sein, dass er derselben die Worte nachrief: Nun geht nach Haus und schlaft in Ruh' / Die Liebe Gottes deckt Euch zu.«

Wenn Fritz Pflüger und Jan Griffel in der Weihnachtszeit abends die letzten Weihnachtsbäume bei den vornehmen Leuten abgeliefert hatten, trafen sie oft den dicken Paketzusteller Otten, der sich langsam auf seinen Feierabend vorbereitete.

Otten trug einen scharlachroten Rock, der allerdings in den Nähten nicht mehr seine ursprüngliche Farbe bewahrt hatte.

Er schob tagsüber einen hoch bepackten gelben Postwagen vor sich her und verteilte Pakete an die Empfänger.

Dabei ließ er manches Mal den Wagen mit den Paketen lange Zeit unbeaufsichtigt auf der Straße stehen, weil er von seinen Stammkunden mit einem Schnaps bewirtet wurde. Da konnte er doch nicht »nein« sagen.

Weil er aber auf einem Bein leicht die Balance verlor und ein Schnaps sowieso zu wenig war, brauchte die tägliche Postzustellung ihre Zeit. Otten musste all den Bremer Klatsch erzählen, der sich in seinem Hirn während des Tages angesammelt hatte und für den sich seine Kunden interessierten. Das dauerte!

Otten brauchte aber keine Angst zu haben, dass eines der unbeaufsichtigten Pakete gemopst worden wäre – auf die Idee wäre keiner gekommen.

Und wenn, oh je, dem wäre es schlecht ergangen, denn die Polizeidiener Tietzel und Moll hatten ihre Augen überall. Manchmal auch dort, wo man sich vor den beiden Polizeidienern in Sicherheit glaubte.

Tietzel und Moll dienten auch als Kinderschreck.

Wenn den Kindern, die sich allzu aufmüpfig benahmen, zugerufen wurde: »Nei ut, Moll kommt!«, durfte man davon ausgehen, dass man vor den Streichen der Kinder für die nächste Zeit sicher war.

Richter Smidt und die Zigarrenmacher

Die Zigarrenmacher in Bremen waren ein Menschenschlag für sich. Sie hielten sich zum Beispiel Vorleser, die ihnen – während sie arbeiteten – aus Büchern vorlasen, immer häufiger auch aus politischen. Dadurch erfuhren die Zigarrenmacher mehr als andere Arbeitsleute. Und weil sich der Inhalt der Bücher nicht unbedingt mit den regierungsamtlichen Verlautbarungen deckte, gehörten die Zigarrenmacher nicht gerade zu den kreuzbraven Staatsbürgern, die zu allem Ja und Amen sagten.

Wenn irgendwo ein Skandal war, wenn zum Beispiel im Revolutionsjahr 1848 auf dem Domshof in großem Getöse nach der Pressefreiheit verlangt wurde oder in der Neustadt im Eifer der Revolte die Schlachterläden geplündert wurden – immer hieß es: »Da sind den Zigarrenmakers mit bi wäsen.« Die Zigarrenmacher waren immer dabei, auch wenn man ihnen ausnahmsweise keine Schuld andichten konnte.

Ein »Nest« der Zigarrenmacher war das Buntentor. Dort lebten die meisten von ihnen. Sie wurden »Gelbeene« genannt. Warum?

Nun, sie konnten Tabak in der Stadt zollfrei einkaufen, den sie aber, wenn sie nach Hause gingen, am Buntentor an der Zollschranke vorbeischmuggeln mussten. Den Tabak brauchten sie, um ihre Einkünfte – an der Steuer vorbei – zu verbessern.

Um nun aber den Tabak unsichtbar durch den Zoll zu bringen, wickelten sie die Tabakblätter um ihre

Fußgelenke bis hinauf zu den Knien. Darüber zogen sie ihre Strümpfe. Durch die Körperwärme färbten die Tabakblätter die Haut der Beine gelb, und wenn man das oft genug macht, dann geht das Gelb nicht wieder weg.

Es gab also in der bremischen Justiz durchaus Gründe, den Zigarrenmachern ein bisschen auf die Finger zu gucken. So wissen wir von dem Richter Dr. Hermann Smidt, der Mitte des 19. Jahrhunderts zu den bekanntesten Juristen in der Stadt gehörte, dass er die Zigarrenmacher auf dem Quivive hatte.

Einmal wurde ihm ein Arbeitsmann vorgeführt, der im Verdacht stand, an einer Schlägerei teilgenommen zu haben, was der allerdings energisch bestritt.

Er behauptete, die Schlägerei nur als Zuschauer verfolgt zu haben. Er sagte: »Ick heef dor blot tokeeken.«

Smidt, der von der Unschuld des Mannes nicht überzeugt war, fragte den Angeklagten: »Wat bist du denn, mien Jung?«

»Zigaarnmaker!«

»Zigaarnmaker???«, fragte Smidt mit hochgestellten Augenbrauen, und ohne zu zögern sagte er sehr amtlich und hochdeutsch: »Drei Tage!«

Damit war die Verhandlung zu Ende.

Dem Juristen Dr. Johann Hermann Smidt, Rufname Hermann, war es an der Wiege nicht gesungen worden, dass er sich einmal in der Reihe der Bremer Originale wiederfinden werde.

Hermann Smidt wurde 1804 als Sohn des Ratsherrn und späteren Bürgermeisters Johann Smidt geboren. Er studierte Jura, wirkte zunächst als »Afkat«, wie man in Bremen einen Advokaten nannte, wurde Staatsanwalt und schließlich Richter.

In jungen Jahren war er dabei, als sein Vater zusammen mit Dr. Johann Gildemeister in Hannover die Vorarbeiten für die Gründung der heutigen Seestadt Bremerhaven leistete. Er und sein jüngerer Bruder Heinrich wurden aus Gründen der Geheimhaltung mit wichtigen Schreibarbeiten beauftragt.

Später, in den Jahren nach der 1848er Revolution, wandte sich der sehr konservative Smidt – Hand in Hand mit seinem Vater, dem Bürgermeister – gegen linke Gruppen, um deren politische Tätigkeit einzuschränken.

Man mag das sehen, wie man will – mit dem später volkstümlichen Richter Smidt ist das nicht leicht in Einklang zu bringen oder eben auch doch.

Dr. Hermann Smidt hatte jedenfalls »das Herz auf dem rechten Fleck«, wie ihm der Bremer Schriftsteller und Verleger Anton Kippenberg bescheinigte.

Kippenberg schrieb: »Was nicht gerade war, nannte er krumm, holte sich lieber Rat bei seinem gesunden Menschenverstand als aus papiernen Paragraphen, zog den Vergleich dem Urteil vor und würzte die trockenen Verhandlungen gern durch ein witziges Wort.«

Viel Persönliches weiß man über den Richter Smidt nicht zu sagen. Er hielt sich bedeckt. Mit seiner ersten Frau, Wilhelmine Noltenius, hatte er drei Kinder. Die Ehe mit seiner zweiten Frau, Christine Gildemeister, blieb kinderlos.

Richter Dr. Hermann Smidt ist im Jahre 1879 im Alter von 75 Jahren gestorben.

Über Smidt, der gern plattdeutsch sprach, zu Hause, aber auch im Gerichtssaal, sind viele Anekdoten überliefert worden, die ein originelles Bild des Menschen Hermann Smidt vermitteln.

Anton Kippenberg scheint sich mit Smidt besonders gut ausgekannt zu haben.

Er erzählt von einem Angeklagten, der zu den häufigen unfreiwilligen Besuchern der Amtsstube des Richters Smidt gehörte.

Einmal war er wieder des Diebstahls bezichtigt worden.

Der Mann wusste sich aufgrund seiner langjährigen Erfahrung geschickt herauszureden, und tatsächlich reichten die Indizien nicht zu einer Verurteilung.

Trotzdem verurteilte ihn Richter Smidt zu einer Gefängnisstrafe.

Der Angeklagte protestierte energisch: »Herr Richter, dit Mal hefft Se mi doch gar nix nawiesen kunnt.«

»Ach watt!«, meinte Richter Smidt ärgerlich: »Denn is dat för wat anners!«

Es blieb bei dem Urteil.

*

Eine Fischfrau vom Markt, die sich nicht zum ersten Male vor dem Richter zu verantworten hatte, war in einem ausdrucksreichen Streit mit einer Kollegin über das erträgliche Maß weit hinausgegangen.

Weil die Angelegenheit für sie aber ungemütlich wurde, hatte sie sich aufs Leugnen verlegt. Sie wusste von nix und hatte auch nix gesagt.

Smidt ließ sich nicht beirren. Er zog den Prozess auf seine Weise durch.

Nach ergangenem Urteil machte sie ihrem Protest auf dem Flur des Rathauses kreischend Luft.

Sie schimpfte: »Ick lot mi dat nich gefallen. Ick will mien Recht hebben!«

Daraufhin öffnete Richter Smidt die Tür des Verhandlungszimmers, guckte und sagte: »Wat wüllt sie hebben? Ehr Recht wüllt sie hebben?« Und ins Hochdeutsche wechselnd, sagte er: »Von Recht kann hier gar keine Rede sein!«

Und - bums - schlug er die Tür wieder zu.

*

Auf seinem morgendlichen Gang zum Rathaus, wo zu jener Zeit noch Recht gesprochen wurde, sah Richter Smidt eines Tages drei Straßenarbeiter, die sich, statt zu arbeiten, auf ihre Schaufeln stützten und schnackten.

Am nächsten Morgen sah Richter Smidt das gleiche Bild. Er wurde verdrießlich.

Als er die Arbeiter am dritten Tag bei ihrer offensichtlichen Lieblingsbeschäftigung sah, ließ er sie durch einen Ratsdiener in seine Amtsstube holen.

Er machte nicht viel Worte. Er sagte nur: »Dscheder dree Dage!«

Die Arbeiter wussten nicht, wie ihnen geschah.

Einer von ihnen rief empört: »Wat schall dat denn, Herr Richter, wi hefft doch gar nix doon.«

Richter Smidt sagte: »Dscho, grad darum!«

*

Zwei Nachbarn konnten einander nicht aufs Fell gucken.

Als einer von ihnen spät abends nach Hause kam, schlich er sich auf die Veranda des Nachbarn und verrichtete dort seines »Leibes Notdurft«, wie es bei Kippenberg vornehm heißt.

Der Nachbar und seine Frau aber hatten dieses schändliche Tun durch die Fensterlade beobachtet.

Sie holten einen Nachtwächter, stellten das Geschehene fest und verklagten den Missetäter.

Die Sache kam vor Richter Smidt.

Der ließ sich den Fall ganz genau verklookfiedeln, schmunzelte innerlich und sagte: »Warum hefft dschi dat denn nich eenfach wegnahmen. Dann wär dat doch in Ordnung wesen.«

»Dscho, Herr Richter«, sagte der Kläger. »Dat wull ick ook. Aber dar seggt mien Froo to mi, nee, seggt mien Froo, dat blifft dar liggen. Dat is'n Freten for Richter Smidt.«

Der alte Thule

Zu den bekanntesten Bremer Ärzten in der zweiten Hälfte des 19. Jahrhunderts gehörte Dr. Eberhard Thulesius (1839 - 1913), der als der »alte Thule« seinen festen Platz in Bremens Anekdotenschatz innehat.

Olav Johann Eberhard Thulesius war der Sohn eines Arztes an der Domsheide. Er schlug den Weg seines Vaters ein und studierte in Heidelberg und Tübingen Medizin. Im Jahre 1863 promovierte er unter dem Rektorat von Hermann Helmholtz in Heidelberg und unterzog sich noch im selben Jahr der in Bremen vorgeschriebenen ärztlichen Prüfung, um die zur Ausübung einer Praxis notwendige Zulassung zu erhalten.

Thulesius war also gut präpariert, als er seinen ärztlichen Lebensweg begann. Doch im Laufe der Jahrzehnte überholte der Fortschritt in der Medizin das Wissen des Doktors gewaltig. Seine ärztliche Hilfe wurde von denen, die ihn etwas näher kannten, nur noch in unvorhergesehenen Fällen in Anspruch genommen. Doch für ihn war das unwesentlich.

Der »alte Thule« nahm die Sache, wie sie war.

Er hielt sich an seine eigene Wissenschaft und stellte verblüffend formulierte Diagnosen, die seinen Ruhm als Original begründeten, wie es Lothar Diemer 1969 in der »Bremischen Biographie« formulierte.

Eberhard Thulesius praktizierte in seinem Elternhaus Domsheide 4, wo schon sein Vater gewirkt hatte. Er lebte ohne großen Komfort, bewohnte eine Kammer zum Schlafen und ein schlichtes Wohnzimmer, das ihm zugleich als Musikzimmer und als Sprechzimmer diente. Draußen, im Flur, befand sich das Wartezimmer.

Von der Domsheide aus versah er sein Amt über fünf Jahrzehnte – als Arzt der einfachen Leute, als Armenarzt und als Eisenbahnerarzt. Aber auch seine alten Freunde, Kaufleute, Juristen und andere, hielten ihm die Treue.

In den gehobenen Kreisen jener Zeit war es üblich, dass der Hausarzt in erster Linie für die Gesundheit seiner Patienten zu sorgen hatte. Das Honorar wurde am Ende des Jahres bezahlt, und es gab alte Kaufleute, die das Honorar kürzten, sobald einer aus der Familie krank geworden war.

Aufgabe des Hausarztes war es, sich auf Routinebesuchen zu überzeugen, wie es mit der Gesundheit seiner Patienten stand.

Einmal passierte es dem »alten Thule«, dass er in einem Kaufmannshaus von einem neu eingestellten Mädchen, das ihn noch nicht kannte, abgewimmelt wurde mit den Worten: »Madame empfängt heute keine Besuche. Madame fühlt sich nicht wohl!«

Da ging der »alte Thule« wieder weg.

Er wurde dann aber doch noch gerufen und ins Dachgeschoss gelotst, wo das Personal wohnte.

Dort fand er ein junges und vergnügt aussehendes Küchenmädchen im Bett liegen.

Dr. Thule fragte: »Wat fehlt di denn, mien Deern?«

»Och, Herr Dokter«, sagte das Mädchen. »fehlen tut mir nix.«

»Warum liegst du denn in'n Bedde.«

»Dscho, dat ist so, wenn dat Quartal um is, denn krieg ick mien Geld nich, un denn blief ich to Bed.«

»Und?«, fragte der alte Thule. »Helpt dat denn?«

»Dscho, dat helpt«, sagte die Deern.

»So, so«, meinte der Doktor, zog seinen Mantel aus und sagte: »Mok mal'n beten Platz, mien Deern. Ick will mi mal neben di leggen. Ick heff mien Geld ok noch nich.«

*

Wenn am Anfang dieser Geschichte auf das Wohn-, Musik- und Sprechzimmer des »alten Thule« hingewiesen worden ist, dann hatte das seinen Grund. Denn Dr. Thulesius liebte seine Geige über alles.

Eines Tages verirrte sich ein Patient zu ihm, der über fürchterliche Zahnschmerzen klagte.

Dr. Thule, der sich etwas überfordert fühlte, sagte: »Denn sett di mal hin, ich will di wat up mine Vigeline vorspälen.«

Er holte seine Geige aus dem Kasten und begann zu spielen.

»Ward dat nu beter?«, fragte er nach einer Weile.

»Nee, Herr Dokter!«, jammerte der Patient.

»Denn tööf mal. Denn will ick die wat anneres vorspielen.«

Er spielte, setzte die Geige ab und fragte erneut: »Na, ward beter?«

»Nee, Herr Dokter! Dat ward immer slimmer«, erstattete der Patient Bericht.

Daraufhin meinte Dr. Thule: »Denn kann ick die ok nich helpen, min Jung. Denn musst du na'n Kusendokter goon.«

*

Als Eisenbahnerarzt war Dr. Thule, der unter den Eisenbahnern als »Kamillendokter« bekannt war, weil er nix von Medikamenten hielt, sondern lieber Tee verschrieb, für seine Patienten unbezahlbar.

Eisenbahner waren ja zugleich fleißige Kleingärtner und Gemüsezüchter. Wenn ihnen die Zeit während der Frühjahrsbestellung oder der Ernte auf den Nägeln brannte, dann gingen sie zu Dr. Thule.

»Wat fehlt di denn?«, fragte er.

»Ich weet nich, ich glöv ick bin krank!«, lautete die etwas vage Antwort.

»So, so«, meinte Dr. Thule. »Weveel Land hest du?«

Und je nach Grundstücksgröße schrieb Dr. Thule den Mann für ein paar Tage krank.

*

Einmal musste Dr. Thule zum Rangiermeister, der unter einer schweren Angina litt.

Er untersuchte den Mann und sagte hinterher zu dessen Frau: »De geiht dot.«

Nach einer Weile, die er der Frau, die natürlich seelisch aufgelöst war, zubilligte, meinte er: »Ick will man glicks den Dotenschien upschrieben, denn bruuk ick nich wedder to komen.«

Dr. Thule stellte den Totenschein aus und ging.

Der Kranke jedoch wurde gesund, und als er wieder arbeiten gehen konnte, steckte er sich den Totenschein – quasi als Personalausweis – in die Tasche.

Nach ein paar Wochen begegnete Dr. Thulesius dem vergnügt lachenden Eisenbahner, der ihn mit »Go'n Dag, Herr Dokter« begrüßte.

»Go'n Dag«, antwortete Dr. Thule.

Und weil er den Mann nicht gleich unterbringen konnte, fragte er ihn: »Wer bist du denn?«

Der von den Toten Auferstandene zog den Totenschein aus der Tasche, zeigte ihn dem Doktor und sagte: »Dat bin ick.«

Dr. Thulesius betrachtete den Schein, dann den lebendigen Toten, wandte sich ab und sagte: »För mi biste dot.«

*

Die Frau eines Bahnbeamten ließ sich von Dr. Thule untersuchen. Sie hatte Bauchschmerzen.

Dr. Thule fragte: »Wat schall ick di denn verschrieben.«

Der Doktor nahm ein Rezeptformular und schrieb den obligatorischen Kamillentee und einige andere Arzneien auf – ganz nach Wunsch der Patientin.

Zum Schluss sagte sie: »Och, Herr Dokter, wenn Se schon am Schrieben sind, dann schrieben Se auch noch Estremadura dree up.«

Dr. Thule kannte das merkwürdige Medikament nicht. Er mochte aber auch nicht fragen und der Patientin seine Unkenntnis eingestehen.

Och, dachte er. Ward nix Schlimmes sin – allenfalls 'n Likör oder so.

Die Frau zog mit dem Rezept in die Rathsapotheke.

Der Apotheker stellte die Arzneien zusammen. Nur mit Estremadura 3 konnte er nix anfangen.

Er schlug in Fachbüchern nach – nix.

Er fragte seinen Provisor. Der wusste auch nix.

Der Apotheker ging ans Telefon und erkundigte sich bei einem Kollegen. Der hatte aber auch keine Ahnung. Doch seine Frau war zufällig in der Nähe.

Die war zwar keine Apothekerin, aber sie hatte aufgeschnappt, dass ihr Mann zurückfragte: »Was soll das sein? Estremadura 3. Habe ich noch nicht gehört.«

»Estremadura 3!«, rief sie ihrem Mann zu. »Das ist ein Strickgarn!«

*

Doktor Thulesius war spindeldürr und bestand zuletzt nur noch aus Haut und Knochen.

Eines Tages kam ein Patient zu ihm.

Als der aber auf dem kleinen Vorplatz, der als Wartezimmer diente, ein menschliches Skelett sah, das der Doktor dort gleichsam als Aushängeschild für seine Gelehrsamkeit aufgestellt hatte, machte er auf dem Absatz kehrt und lief davon.

Der Doktor hatte ihn aber durch die Tür gesehen und sich über die abrupte Kehrtwendung gewundert.

Der Patient war inzwischen zu einem anderen Arzt gegangen.

Auf dem Weg zurück nach Hause kam er am Hause Domsheide 4 vorbei.

Der »alte Thule« lehnte im offenen Fenster und sprach den Flüchtling an: »Segg mal, warum büst du denn erst weglopen? Kumm doch rin!«

»Nee, nee«, lautete die Antwort. »ick kumm nich wedder rin - ook wenn du nu wat anhest.«

*

Gern ging der »alte Thule« abends in den Künstlerverein, wo er sich häufig mit Heinrich Bulthaupt (1849 - 1905) traf, der meistens vor einer Flasche Burgunder saß.

Die beiden schnackten über Musik oder über das Theater, dem vor allem Heinrich Bulthaupt verbunden war.

Bulthaupt schrieb Dramen und Tragödien, die in Bremen zu jener Zeit mit großem Erfolg aufgeführt wurden.

Der »alte Thule« war gewohnt, die wenigen Schritte von seiner Wohnung bis zum Künstlerverein am Dom bei gutem Wetter ohne Mantel und Hut zurückzulegen.

So geschah es auch an einem milden Herbsttag.

Als er spät in der Nacht nach Hause gehen wollte, war es kalt und regnerisch geworden.

Kurzerhand nahm Thulesius einen an der Garderobe hängenden Mantel vom Haken, zog ihn an und machte sich auf den Heimweg.

Am nächsten Morgen hatte er den Mantel vergessen.

Seine alte Wirtschafterin aber nahm an, als sie den fremden Mantel am Vorplatz hängen sah, ein Patient habe ihn vergessen. Sie verwahrte ihn, wie sie es in solchen Fällen zu tun pflegte, bei sich im Souterrain.

Die Tage blieben warm. Die Nächte waren kalt und regnerisch.

Zum ersten Mantel gesellten sich zwei weitere.

Da dämmerte es der Alten, und was sie geahnt hatte, wurde zur Gewissheit, als sie vom Ökonomen des Künstlervereins hörte, der Vorstand sei in großer Erregung, denn es würden immerfort Mäntel gestohlen. Aber man käme den Dieben nicht auf die Spur.

Die Wirtschafterin wusste aus Erfahrung, dass es geraten war, in solchen Fällen behutsam mit ihrem Herrn umzugehen.

Sie erzählte ihm, als sie ihm am Abend sein Leibgericht Pannfisch auftrug, beiläufig von dem, was sich im Künstlerverein ereignet hatte.

Der »alte Thule« nahm das wie abwesend zur Kenntnis und meinte: »Jo, jo, so sind de Minschen! De Apen de mööt lusen. De Katten die mööt musen.«

Als er dann, wie gewohnt, fortgehen wollte, fand er die Mäntel auf dem Vorplatz hängen, und er zog einen an.

Er ging drei Tage mit einem Mantel zum Künstlerverein und kehrte ohne Mantel nach Hause zurück.

Dann aber verschob sich das Gleichgewicht nach der anderen Seite, indem er am vierten Tag mit dem eigenen Mantel in den Künstlerverein ging und ihn dort hängen ließ.

»Nach dem Tode des alten Thule«, so berichtete Anton Kippenberg, »hat die Wirtschafterin die Geschichte von den drei Mänteln erzählt, nicht ohne erkennen zu lassen, wie klug sie sich dabei verhalten habe. Und bei wiederholtem Erzählen wuchs die Zahl der Mäntel wie in Falstaffs Munde die Zahl der von ihm besiegten Gegner.«

*

Als Doktor Eberhard Thulesius gestorben war, fand man in seinem Nachlass eigene Kompositionen und Dichtungen, darunter ein Wodan-Epos, das aufgrund seiner testamentarischen Verfügung in sieben Bänden von über 1500 Seiten gedruckt wurde, und 220 »Melancholische Selbstgespräche« in Sonetten.

Anton Kippenberg hat eines davon in seinen »Geschichten aus einer alten Hansestadt« veröffentlicht, »weil es zeigt, wie schwer oft ein Mensch, der andere erheitert, am Leben trägt«:

Wie gern wohl ruht ich endlich aus in Frieden,
Wie gern wohl ruht ich aus von Lust und Qual!
Schmerzt mich doch selbst der Freude Sonnenstrahl,
Der mir zu spätem Troste schien beschieden.
Du ließest gnädig mir, o Gott, hienieden
Manch schöne Blum erblühn im Erdental,
Und welkten sie auch fruchtlos allzumal,
Dir dank ich doch, vergib dem Lebensmüden!
Du kennst, Allgütger, mein empfindsam Herz,
Denn selber hast du Gaben ihm verliehen,

Die mit der Welt im Kampf zu bitterm Schmerz
Und grausamer Zerstörung ihm gediehen;
Drum, wenn sichs jetzt zu dir sehnt himmelwärts,
Sei's mir, dem müden Pilger, gern verziehen.

Die drei Jennys

Mittags um Punkt eins mussten die Höker den Rolandsmarkt verlassen haben. Mittags um eins war Feierabend. Danach kamen die Straßenfeger mit ihren Reisigbesen.

Die fegten ohne Erbarmen alles weg, was auf dem Markt krimmelte und wimmelte. Es gab, wie man sieht, Zeiten, da Bremen Wert auf ein ansprechendes Äußeres legte.

Nur an drei Persönlichkeiten wagten sich die Straßenfeger in den 70er Jahren des 19. Jahrhunderts nicht heran:

An den Roland und an zwei Appelhökersche, die ihren Stand unmittelbar beim Roland hatten.

Die beiden Appelhökerschen standen sozusagen unter dem Schutz des Stadtpatrons. Kein Polizeidiener, kein Marktvogt und kein Senator hätten ihnen den Nachmittagsfreibrief nehmen können. Wer es gewagt hätte, wäre in Deubels Küche gekommen. Denn die beiden Frauen hatten ein Mundwerk für zehn.

Die Ältere von den beiden war Leidjen Donners mit ihren Gewitterbacken. Die andere war Jenny.

Über Jenny hat Georg Droste eine Geschichte erzählt – natürlich plattdeutsch. Es soll versucht werden, sie hochdeutsch nachzuerzählen, was nicht ganz einfach ist. Georg Droste ist mit seinem Erzähltalent sowieso allen über!

Jenny war verheiratet und wohnte am Punkendeich. Ihr Mann hieß auch Jenny, nicht von Geburt her, sondern weil ihn die Jungs am Deich so nannten.

Jenny 2, der Haushaltsvorstand, war ein Dienstmann mit Patent. Das heißt, er hatte ein »Dienstmann«-Schild an der Mütze, das auf seine Kompetenz hinwies. Er stand am Schütting.

Von dort aus konnte er den Obstumsatz seiner Frau Jenny beobachten, was für ihn von existenzieller Bedeutung war. Denn er litt unter einer »drögen« Leber, die er alle Viertelstunde hinterm Schütting, wo sich einige Kurhäuser für Leberkranke befanden, anfeuchten musste.

Das aber kostete Geld, und Geld, dscha, das hatte Frau Jenny an ihrem Obststand just eingenommen, wie Jenny 2, der Dienstmann, mit seinem Adlerblick wahrgenommen hatte.

Sobald die Kundschaft weg war, vergingen keine zwei Minuten und Jenny 2 stand bei seiner Frau Jenny, um ihre Kasse zu plündern. Das war gar nicht so einfach, denn die weibliche Jenny passte auf die Groschen auf wie eine Löwenmutter auf ihre Jungen. Ihr Mann musste sich einiges anhören, was man in anständigen Büchern gar nicht wiedergeben kann.

Aber Jenny 2, der Dienstmann, bestand auf Gütergemeinschaft und war im Übrigen stärker als seine Frau, nicht in Worten, aber er wurde handgreiflich. Auf diese Weise bekam er seinen Willen beziehungsweise seine Schnapsgroschen. Die nächste Viertelstunde war gerettet.

Jenny 2 gehörte zu jenen, die sehr gut ohne Arbeit leben konnten. Wenn er den ganzen Tag keinen Dienstmann-Auftrag bekommen hatte, machte ihm das gar nichts aus. Im Gegenteil. Er hätte ja seinen

Stand am Schütting vorübergehend verlassen müssen, was seinen ganzen Tagesablauf durcheinandergebracht hätte.

Einen Auftrag allerdings hatte er sicher. Wenn seine Frau Feierabend gemacht hatte, musste er ihre ganzen Baxbären, die zu dieser Fruchthandelsgesellschaft notwendig waren, den Tisch, den wackeligen Stuhl und die Warenreste, in einen Keller hinter dem Schütting schleppen – und hinterm Schütting wartete wiederum Medizin für seine trockene Leber. Denn für nix machte ein Bremer Dienstmann mit Patent nix, nicht einmal für seine eigene Frau.

Nun hatte es das Schicksal gewollt, dass die beiden Jennys ein kinderloses Ehepaar geblieben waren. Ihm war das ja egal. Frau Jenny aber erfüllte dieses mit leichtem Schmerz, weil doch der Mensch ein Wesen auf der Welt braucht, das er von Herzen liebt. Ihr Mann war für diese Rolle ungeeignet.

Darum hatte sich Frau Jenny einen Terrier angeschafft, der von ihr kein Geld haben wollte und auch nicht hinterm Schütting verschwand, um seine Leber anzufeuchten.

Der Terrier, der von den Jungs auf dem Deich ebenfalls Jenny genannt wurde, Jenny 3, lag den ganzen Tag unter dem Stand beim Roland in seinem Korb.

Wenn Feierabend war, nahm Frau Jenny den Korb mit dem Terrier Jenny 3 auf ihren Kopf und schaukelte damit nach Hause.

Warum sie das Tier, das vier gesunde Beine hatte, nicht laufen ließ, ist ihr Geheimnis geblieben. Tatsache ist, dass die Jungs auf'n Deich Frau Jenny mit ihrem Hund auf dem Kopf auf Sicht hatten und besonders natürlich Jenny 3.

Jenny 2 stand ja noch hinterm Schütting in einem der von ihm bevorzugten Kurhäuser.

Der Terrier steckte seine spitze Schnauze über die Rand des Korbes und guckte so frech und patzig aus den Augen, als gehöre ihm allein der Osterdeich, was aber ein Fehler war.

Denn eine solche Einstellung konnten sich die Jungs auf'm Deich – darunter eben auch Georg Droste – nicht gefallen lassen. Der Deich gehörte erstens ihnen und zweitens war es nach ihrem gesunden Jungensverstand gegen jede Weltordnung, dass ein so dämlicher Hund mit vier gesunden Beinen derart faul war und sich von einer alten Frau auf dem Kopf nach Hause tragen ließ.

Wenn also Frau Jenny nach Hause ging, kamen ihr die Jungs auf dem Deich entgegen, was Frau Jenny mit größtem Missbehagen zur Kenntnis nahm. Denn sie wusste ja, was kam.

Die Jungs ließen sie mit ihrer Ladung passieren. Sie hatten kleine Lehmkugeln geknetet und zielten auf die spitze Hundeschnauze. Sie zielten gut und trafen fast immer.

Der Terrier Jenny knurrte und heulte. Die Jungs taten so, als ginge sie das gar nix an. Sie schnackten miteinander vom Titikakasee und ähnlichen Dingen, über die sich harmlos wirken wollende Jungs zu jener Zeit unterhielten.

Danach hatten sie wieder Munition geknetet und abgeschossen. Wieder wurde der Terrier Jenny getroffen, so dass ihm Hören und Sehen verging.

Er bellte wie verrückt und hing halb über den Korbrand, als wolle er die Jungs in Stücke reißen.

Frau Jenny drehte sich dreimal um ihre eigene Achse, schimpfte auf die Jungs mit einem Wortschatz, der in keinem Wörterbuch zu finden war. Und immer, wenn sie sich herum drehte, drehte sich der Hund in dem Korb mit, denn er wollte seine Gegner nicht aus den Augen lassen.

Der Korb auf dem Kopf fing an zu schwanken, sodass Frau Jenny ihn festhalten musste.

Der kleine Kläffer jedoch geriet schließlich derart in Wut, dass er aus dem Korb heraussprang.

Das aber war es, was die Jungs gewollt hatten.

Zu fürchten brauchten sie sich vor dem Hund nicht. Denn davon, dass der Terrier Jenny auf die Jungs kläffend und beißend losgehen würde, konnte keine Rede sein.

Der Terrier hatte über seinen mutigen Sprung in die Tiefe einen derartigen Schreck bekommen, dass er sich ganz schnell unter dem Rock seines Frauchens verkroch.

Sie nahm den Hund hoch, setzte ihn wieder in den Korb und ging – diesmal unbelästigt – nach Hause, wo allerdings bald neue Aufregungen warteten. Denn Jenny 2, der Dienstmann mit Patent, war noch nicht zu Hause.

Aber er war schon auf dem Wege – ganz allein und kurvenreich.

Die Jungs beobachteten ihn aus sicherer Entfernung und sagten sich: »Das ist doch nicht in Ordnung!«

Sie hatten in der Schule gelernt, dass eine gerade Linie der kürzeste Weg zwischen zwei Punkten ist.

Wenn Jenny 2, der Dienstmann, mit seiner Patentmütze und seinen glasigen Augen anscheeten kam, dann verstieß er gänzlich gegen diesen mathematischen Lehrsatz.

Jenny 2 machte den Weg vom Schütting nach Hause doppelt und dreifach. Und wenn er an den Jungs vorbeigeschaukelt war, dann ging das Theater los.

Die Jungs riefen; »Jenny! Jenny! Haarbül! Äppel und Bärn! Kasbärn! Kasbärn! Haarbül!«

Jenny 2 überhörte zunächst, dass sie sich über ihn lustig machten und das Warenangebot seiner Frau, Äpfel, Birnen und Kirschen, mit seinem Zustand in Beziehung brachten. Denn einen »Haarbül hebben« bedeutete damals nichts anderes, als betrunken zu sein.

Und weil die Jungs nicht aufhörten ihn zu foppen, wandte sich der Dienstmann Jenny 2 endlich um, stellte sich in Positur und nahm seine amtliche Schüttingstellung ein: breitbeinig und die Hände in den Hosentaschen.

Danach aber ging das Schimpfen los, was er allerdings nicht so gut konnte wie seine Frau. Dauernd verhaspelte er sich, was die Jungs in Begeisterungsstürme ausbrechen ließ.

Er rief: »Wat wollt ihr, ihr Gesindel? Habt ihr schon eure Schul-, Schula - Schularbeiten gemacht? Ihr Swienskerle, ihr.« Und wenn ihm gar nichts anderes mehr einfiel, rief er: »Ihr seid der Chor der Rache!«

Das ging nun immer so weiter, bis der patentierte Dienstmann Jenny 2 seinen Sicherheitshafen am Deich erreichte.

Dort wollte er in aller Ruhe vor Anker gehen. Doch er wurde bereits erwartet: Von einem kläffenden Terrier und einem wortgewaltigen Amazonensopran: von Jenny 1 und Jenny 3.

Am Ende vom Lied ergriff Jenny 2, der Dienstmann, die gefüllten Teller, Pott und Pannen und flenzde sie zusammen mit der brennenden Petroleumlampe aus dem Fenster.

Dann endlich hatte die liebe Seele Ruh.

Am nächsten Morgen pendelte der Jenny-Dreierbund wieder über den Osterdeich zum Marktplatz.

Der Kaiser, Käptn Meyerdierks und die besonneren Gelegenheiten

Es soll ja nicht mit aller Gewalt auf Bremer Originale hingewiesen werden, die gar keine Originale waren.

Es scheint aber, dass die Kaiserbesuche Ende des 19. und Anfang des 20. Jahrhunderts, die stets zu den Höhepunkten des öffentlichen Lebens in der Hansestadt zählten, den bremischen Menschenschlag in den Stand versetzte, Originelles zum Besten zu geben.

Kaiser Wilhelm II. (1859 - 1941) ließ sich, wie wir wissen, häufiger in Bremen sehen. Oft hielt er sich nur auf der Durchreise in der Hansestadt an der Weser auf. Sein Ziel war Wilhelmshaven, wo er seine Nordsee-Kriegsflotte zu besichtigen gedachte.

In Bremen gönnte er sich ein Frühstück im Ratskeller, der zu jener Zeit weithin berühmt war für seine Gastlichkeit, für Küche und Keller und eben auch für die Qualität seiner Austern.

Majestät allerdings mochten keine Austern, was in Bremen zwar bekannt war, was aber nicht ausschloss, dass ihm einmal Austern angeboten wurden.

Der Kaiser war entsetzt.

Er fuhr seinen Gastgeber, den Bürgermeister Alfred Pauli (1827 - 1915), mit den Worten an: »Sie wollen mich wohl vergiften. Das Zeug esse ich nicht!«

Pauli, gestählt in einem langen Leben im Umgang mit hohen oder sich hoch dünkenden Herrschaften und überzeugt von der Qualität der Ratskeller-Austern, lud sich daraufhin den Teller voll und begann sein Mahl mit den Worten der römischen Gladiatoren:

»Salve Cäsar Imperator. Morituri te salutant!« Sei gegrüßt, Kaiser! Die dem Tode Geweihten grüßen dich!

Die Situation war gerettet.

Der Kaiser lachte herzlich.

Austern hat er dennoch nicht gegessen.

*

Es gibt noch eine andere hübsche Geschichte, die sich während eines Kaiserbesuches im Ratskeller zugetragen hat.

Danach soll der Kaiser während des Frühstücks nach Wasser verlangt haben, nach Trinkwasser. Für den von ihm angesprochenen Ratsdiener Schumacher brach eine Welt zusammen,

Schumacher, sonst ein schlagfertiger Mann, war völlig verdattert.

»Wasser?«, fragte er gequält. »Wasser, Majestät, haben wir hier nicht.«

Es gab eben eine Zeit, da wurde die Ausschließlichkeit des deutschen Weines im Bremer Ratskeller sehr ernst genommen und selbst dem Kaiser gegenüber verteidigt.

*

Als Kaiser Wilhelm II. im Jahre 1890 zum ersten Male als gekröntes Haupt die Hansestadt besuchte, ließ er es sich nicht nehmen, eine Rundfahrt durch den Freihafen zu machen, der ja erst vor gar nicht langer Zeit, nämlich 1888, seiner Bestimmung übergeben worden war.

Der Dampfer, der den Kaiser schippern sollte, wurde von Käptn Meyerdierks geführt, der wegen seiner Treuherzigkeit bekannt war.

Auf die Frage des Kaisers nach seinem Namen, meinte Meyerdierks: »Ochott, ick heet Kaspar Meyerdierks. Aber seggen Se man Kasper, Herr Kaiser. Dat seggt de annern ook.«

*

Zu den Angewohnheiten des Kaisers gehörte es, gelegentlich das Kommando über die Schiffe zu übernehmen, auf denen er sich gerade befand.

Nun stand er auf dem Dampfer von Käptn Meyerdierks, und natürlich hatte der Kaiser wie selbstverständlich das Steuer übernommen, was Meyerdierks empfindlich störte. Aber er hielt sich mit seinen Äußerungen taktvoll zurück.

Als aber die Kehrtwendung des Schiffes draußen vor dem Hafen nicht nach seinem Wunsch klappen wollte, brüllte Meyerdierks, der neben dem Kaiser stand, in das Sprachrohr: »Dammi noch mal. Rum mit'n Moors!«

Dem Kaiser muss das gefallen haben.

Am Ende der Fahrt trat der Flügeladjutant des Kaisers auf Käptn Meyerdierks zu und heftete ihm einen Orden an die Seemannsbrust.

Da wischte sich Meyerdierks die rechte Hand am Hosenboden ab, streckte sie dem etwas verdutzten Kaiser hin und sagte gerührt: »Herr Kaiser, wo schall ick dat bloot wedder good maken.«

*

Bei seinem nächsten Besuch ließ sich der Kaiser wieder durch den Hafen fahren, und wieder stand Käptn Meyerdierks auf der Brücke.

Der Kaiser begrüßte den Käptn, vermisste aber den Orden auf der Brust des Schiffsführers.

»Na, mein lieber Meyerdierks«, fragte er. »Wo haben Sie denn den Orden, den ich Ihnen das letzte Mal verliehen habe.«

Meyerdierks kramte in seiner linken Hosentasche und förderte zusammen mit einem roten baumwollenen Schnupftuch den Orden zutage.

»Warum haben Sie den Orden denn nicht angelegt?«, fragte der Kaiser.

»Nee, Herr Kaiser«, meinte Meyerdierks. »Den steck ick mi man bloot bi ganz besonneren Gelegenheiten an.«

Mudder Cordes mit ihrem Esel »Anton«

Es ergab sich immer wieder einmal, dass sich Bremer im Gespräch mit Mudder Cordes nach ihrem Befinden erkundigten, wie man das eben so tut, wenn man eine alte und vertraute Bekannte trifft.

»Na, Mudder Cordes, wie geiht?«, fragten sie dann.

Mudder Cordes antwortete: »Immer heiter, Gott hilft weiter!«

Das war die gesunde Lebenseinstellung von Metta Cordes geborene Behrens, die 1815 geboren wurde und im hohen Alter im Jahre 1904 starb.

Metta Behrens, die als Mudder Cordes mit ihrem Esel »Anton« in Bremen weltbekannt war und der in der Knochenhauerstraße ein Denkmal gesetzt wurde, galt als Frau, die sich in Ihrem Leben nie unterkriegen ließ.

Sie wurde als Tochter des Bauern Johann Behrens in Oberneuland geboren.

Schon als Kind musste sie in der Landwirtschaft ihres Vaters helfen. Denn jede Hand wurde gebraucht. Als junges Mädchen kam sie in Bremen »in Stellung«, wie es damals so hieß, und in Bremen lernte sie den Zigarrensortierer Carl Cordes kennen, der ein geborener Bremer war.

Im Jahre 1842, sie war 27 Jahre alt, heirateten die beiden.

Als Carl Cordes nach 18-jähriger Ehe starb, stand seine Frau mit fünf Kindern, drei Töchtern und zwei Söhnen, vor dem Nichts. Ihr Mann war lange krank gewesen, und von dem gemeinsam Ersparten war nichts übrig geblieben.

Metta Cordes musste ihre Kinder ins Waisenhaus schicken. Nur der Jüngste, der erst zwei Jahre alt war, blieb bei seiner Mutter, was für sie schon schwer genug war. Denn Mudder Cordes begann einen Straßenhandel mit Grünwaren, der ihre ganze Zeit in Anspruch nahm.

Sie spannte sich selbst vor einen Handwagen und zog damit durch die Straßen der Neustadt. Doch der Handel brachte ihr wenig ein.

Robert Cordes, vermutlich einer ihrer Nachkommen, schrieb im Jahre 1934 in einem Artikel über Mudder Cordes, der in den »Bremer Nachrichten« erschien:

»Wie so oft hatte sie wieder einmal an einem regnerischen Tage fast nichts verkauft. Die Sorgen wollten kein Ende nehmen, Hände und Füße schmerzten fürchterlich von dem ewigen Wagenziehen. Vollkommen abgespannt von den Anstrengungen des Tages setzt sie sich auf dem Wege nach Haus auf einen dicken Stein am Neustadtswall. Vor Missmut und Schmerz fing sie, unbeachtet von der Welt, bitter an zu weinen.

In dieser Stimmung hatte Mudder Cordes nicht gemerkt, dass ein Herr teilnahmsvoll an sie herangetreten war. Der Herr erkundigte sich nach ihrem Missgeschick. Mudder Cordes klagte besonders über ihre schmerzenden Hände.

Nun fragte der Herr sie, ob sie wohl mit einem großen Hund fahren möchte. Mudder Cordes war schon damit einverstanden, aber woher einen Hund nehmen?

Diese Sorge nahm ihr der Herr ab und versprach, ihr am andern Morgen einen kräftigen Hund mit Geschirr und Wagen zu schenken,

Vergnügt klopfte der Herr Mudder Cordes auf die Schulter und tröstete sie, dass jetzt alles leichter gehen würde.

Als Mudder Cordes ihn fragte, wer er denn sei, ging er der Antwort aus dem Wege. Beim Abschied steckte er ihr noch ein größeres Geldstück in die Hand, und ehe Mudder Cordes sich bedanken konnte, war der Herr aus ihren Augen verschwunden.«

Es kam dann tatsächlich so, wie es der Unbekannte vorausgesagt hatte.

Am nächsten Morgen in aller Frühe klopfte es bei Mudder Cordes in der Schützenstraße in der Neustadt an die Tür. Ein Arbeiter stand davor, und neben ihm saß »Sultan«, der Hund.

»Komm' Se mal eben mit raus«, forderte der Arbeiter Mudder Cordes auf.

Draußen, vor der Tür, stand ein Wagen mit Geschirr. Der Arbeiter stellte ohne viele Worte die Gemüsekörbe von Mudder Cordes auf den Wagen, wünschte gute Geschäfte, einen guten Morgen und ging seiner Wege.

So kam Mudder Cordes in den Besitz des ersten geschäftlich genutzten Hundegespannes in Bremen.

Den Namen des Spenders wusste niemand. Auch die Nachwelt kennt ihn nicht.

Die Neustadt jedenfalls hatte ihre Sensation. Die Kinder freuten sich und liefen nebenher. Die Hausfrauen, neugierig auf das seltsame Gefährt, kauften Grünzeug, und ehe Mudder Cordes so richtig zum Nachdenken kam, hatte sie gleich am ersten Tag mittags all ihre Waren verkauft.

Das ging nun Tag für Tag so.

Als ihre Kinder aus dem Waisenhaus am Sonntag nach Hause kamen, wurden sie mit Kaffee und Kuchen bewirtet.

»Mensch, Mudder, was is los?«

Und dann wurde erzählt.

Robert Cordes schreibt:

»Sultan war ein treuer, williger Hund. Aber auch seine Herrin wusste seine Dienste wohl zu würdigen. Nie hat Mudder Cordes Essen angerührt, bevor nicht Sultan einen schönen Knochen oder eine fette Mahlzeit bekommen hatte. Für die Knochen sorgten die Schlachtermeister in der Neustadt. Hierfür brauchte sie kein Geld auszugeben.

Sechs Jahre hatte Sultan Mudder Cordes treu gedient, da verließen ihn die Kräfte. Sultan wurde krank, und schweren Herzens musste sie sich entschließen, das treue Tier töten zu lassen.«

Nach dem Tode des Tieres sah sich Mudder Cordes nach einem neuen Hund um. Aber das war gar nicht so einfach.

In der Neustadt gab es zu jener Zeit eine uralte »Neustädter Totenlade« auf Gegenseitigkeit. Die Mitglieder hatten neben ihrer eigentlichen Aufgabe eine

Spareinrichtung gegründet. Für die eingezahlten Groschen und Taler sollte zu Pfingsten 1866 ein Ausflug mit Kind und Kegel in die Umgebung unternommen werden.

Pfingsten verregnete, wie das in Bremen meistens so ist. Der Ausflug fiel im wahrsten Sinne des Wortes ins Wasser.

Daraufhin fand eine Mitgliederversammlung statt, auf der nach langem Hin und Her beschlossen wurde, für das gesparte Geld einen in Hastedt zum Verkauf stehenden Esel zu erwerben und ihn Mudder Cordes zu schenken.

Eine Kommission wurde gewählt, die den Kauf des Esels in Hastedt einleitete und ihn auch gleich mit in die Neustadt brachte.

Es wurde verabredet, den Esel am nächsten Nachmittag gegen sechs Uhr in Gegenwart sämtlicher Mitglieder feierlich an Mudder Cordes zu überreichen.

40 Mitglieder mit ihren Frauen nahmen in der Sortillenstraße Aufstellung, und mit großem Hallo, der Esel vorneweg, ging es zur Schützenstraße 17.

Mudder Cordes war nicht wenig erstaunt über die Menschenmenge vor ihrem Haus. Als sie vor die Tür trat, um zu sehen, was los sei, wurde sie fröhlich und feierlich empfangen, und der Vorsitzende übergab ihr den Esel. Mudder Cordes weinte vor Freude.

Aber die Feierlichkeit war noch nicht zu Ende. Der Esel musste noch getauft werden.

Der Name »Sultan« kam aus Gründen der Pietät nicht infrage. Aber der Küper Anton Spohler, ein redseliger Mann, hatte Mudder Cordes schon mal ’n bisschen auf den Esel vorbereitet, in Andeutungen und ganz vorsichtig, und ohne die Namen der Spender zu nennen.

Nun bestand Mudder Cordes darauf, dass der Küper Anton Spohler Patenonkel des Esels sein sollte.

Am Sonntag nach Pfingsten des Jahres 1866 wurde der Esel feierlich auf den Namen »Anton« getauft. Die zahlreichen Paten hatten auch was davon. Es wurde ein erfrischendes Bier ausgeschenkt.

Mudder Cordes kaufte sich von ihren Ersparnissen einen passenden Wagen und machte sich auf die Reise durch Bremens Straßen.

Wo immer sie in der Folgezeit mit ihrem an sich etwas störrischen Esel auftauchte, wurde sie freundlich begrüßt.

Es gab aber auch Leute, die versuchten, ihr einen Schabernack zu spielen. Sie stellten sich dem Wagen in den Weg, was den Esel »Anton« veranlasste, dickfellig ebenfalls stehen zu bleiben. Nur durch gütiges Zureden konnte er überzeugt werden, seinen Weg fortzusetzen.

Im Übrigen aber waren die beiden, Mudder Cordes und ihr Esel »Anton«, ein Herz und eine Seele.

Der Heimatschriftsteller Georg Droste, der sie noch erlebt hat, erzählte: »Arbeit un Ruhe, Sunnenschien un Ahnwähr (Unwetter), alle Leiden un Freiden, de dat Leben so mit sick bringt, hefft de beiden in Gemeenschup, in Fräen und Eindracht eene lange Wegstrecke mit eenanner dörmakt.«

Mudder Cordes saß vorn im Wagen auf einem Brett, hielt die Leine, mit der sie ihren Esel zügelte, und kommandierte gelegentlich: »To, Anton! Jüh!«

Rumms! Dann setzte sich »Anton« mit einem scharfen Ruck in Bewegung, sodass der Vorderwagen hochjumpte und Mudder Cordes beinahe die Balance verlor.

»Anton, Anton!«, schalt sie. »Wat fallt die denn in! Jüh, Anton! Wat makst dor for dumme Töge!«

Böse wurde Mudder Cordes, wenn man ihren »Anton« ärgerte, indem man ihn quälte oder ihn gar unter dem Bauch kitzelte. Denn dann sprang er auf die Hinterbeine und ließ ein jämmerliches »I-Ah« hören.

Das wurde erst besser, als Mudder Cordes eine Mitteilung in einer Festschrift des Bremer Schützenvereins veröffentlichte. Darin hieß es:

Esel sind auch Thiere, welche dem Menschen nützen, und womit ich als 77jährige Wittwe meinen Lebensunterhalt erwerben muss, aber täglich muss ich sehen, dass rohe Menschen und Kinder aus jedem Stande mein Thier in roher Weise quälen. Ich bitte daher jeden Thierfreund mir doch beizustehen, damit ich ungeschoren meinem Erwerb nachgehen kann. Gleichzeitig empfehle ich mein Fuhrwerk zu leichten Frachten.
Achtungsvoll
Frau Cordes Ww., Schützenstraße 17

Mudder Cordes hatte übrigens ihre Geschäftsgrundlage etwas verlagert. Vom Grünzeug war sie zum Tabak umgestiegen. Sie fuhr mit ihrem Wagen zu den Packhäusern im Hafen und sammelte auf Tabakböden »Fegsel« auf, um die verwertbaren Reste zu Geld zu machen.

Nach der Eröffnung des Freihafens im Jahre 1888 war es mit diesem Geschäft vorbei. »Fegsel« galt von einem Tag zum anderen als regulärer Tabak und musste verzollt werden.

Aber für Mudder Cordes, die jeder kannte und jeder mochte, gab es auch danach immer das eine oder andere Geschäft, damit ihr »lüttje Kumpwagen« rollte.

Wohlwollende Tabakskaufleute zum Beispiel vertrauten Mudder Cordes kleine Frachten an, die sie zur Bahn bringen sollte.

Gelegentlich eilte es.

Dann rief Mudder Cordes ihrem »Anton« zu: »To to to, Anton! Nu mal'n bäten grall! Wi hefft Ilgood! To to to!«

»Anton« schien zu verstehen, dass Eilgut eine etwas schnellere Gangart notwendig machte. Er schien allerdings auch unter einem Kurzzeitgedächtnis zu leiden. Denn nach einiger Zeit fiel er wieder in seinen Zuckeltrapp.

Mitte der 90er Jahre des 19. Jahrhunderts gab es im Stadttheater die Oper »Der Bajazzo« von Ruggiero Leoncavallo.

Die Direktion hatte sich dazu etwas Besonderes einfallen lassen, nämlich den Auftritt des Esels »Anton«, der einen Thepiskarren über die Bühne ziehen sollte.

Mudder Cordes war einverstanden, zumal ihr der Abend fünf Mark einbringen sollte.

Als der Direktor die Gage auf drei Mark drücken wollte, sagte Mudder Cordes: »Nee, davor schall mien Anton nich mitspälen!«

Eines Abends kam Mudder Cordes zu spät ins Theater. Der Prolog des Tonio, der dem Drama vorangestellt ist, war im vollen Gange.

Um nun aber auf die andere Seite der Bühne zu kommen, von wo aus der Auftritt ihres »Antons« vorgesehen war, zog sie mit ihm über die Bühne.

Der unerwartete Auftritt wurde mit großem Gelächter und entsprechendem Beifall belohnt. Als die Direktion Mudder Cordes hinterher zur Rede stellte, meinte sie gelassen: »Gott jo, is doch man allens Komöjantenspell.«

Am Ende seines Gastspiels im Theater wurde »Anton« von seinen menschlichen »Kollegen« mit einem Lorbeerkranz geehrt. Aber das muss er irgendwie missverstanden haben. »Anton« hat den Ehrenkranz »glieks upfreten«.

Bald darauf kam es auf der Kaiserstraße zu einem schweren Zusammenstoß zwischen dem Gespann von Mudder Cordes und einer Straßenbahn.

Mudder Cordes wurde verletzt und musste längere Zeit das Bett hüten.

Der Esel »Anton« aber begriff den Sachverhalt nicht. Er vermisste seine Herrin, die für ihn von der Welt war. Unentwegt schrie er »I-Aa« und war erst beruhigt, als man ihn an das Krankenbett von Mudder Cordes führte.

Dieses Erlebnis machte Mudder Cordes zu schaffen: Den Gedanken, dass sie ihren »Anton« allein in der schlechten Welt zurücklassen sollte, fand sie unerträglich.

Weil sie sich dem Straßenverkehr nach ihrer Krankheit nicht mehr gewachsen fühlte, nahm sie den Vorschlag des Städtischen Museums an, »Anton« schmerzlos einschläfern zu lassen, um ihn dann – ausgestopft – dem Museum zu übergeben, wo er einen Ehrenplatz erhalten sollte.

Georg Droste kommentierte das mit den Worten: »Anton« sei »een Angedenken an gode ole sinnige Tieden in Bremen«.

Mudder Cordes verließ die Neustadt und zog nach Delmenhorst, wo sie noch neun Jahre bei ihrer Tochter gelebt hat. 1904 ist sie drei Tage vor ihrem 90. Geburtstag gestorben.

Der dicke Schier

Der dicke Schier, der zu den originellen Bremer Persönlichkeiten seiner Zeit gehörte, ist heute längst vergessen, obwohl der dicke Schier immerhin Kirchendiener am St. Petri-Dom war.

Er versah seine Arbeit im Dom mit Akkuratesse, was ihn nicht daran hinderte, auch mit seinen anderen Begabungen zu glänzen.

Nun gut, was noch vom dicken Schier bekannt ist, wissen wir von dem Schriftsteller und Verleger Anton Kippenberg (1874 – 1950). Das ist zwar nicht viel, aber es ist der Rede wert.

Schier war, um es gleich zu sagen, keine Schönheit, was er als Kirchendiener auch nicht zu sein brauchte. Dafür wurde er nicht bezahlt.

Er trug einen großen roten Kopf auf einem kurzen Hals, der schief in den Schultern saß.

Aber der dicke Schier war – wie gesagt – nicht nur Kirchendiener.

Er war im Nebenamt ein Bassist im Domquartett. Als solcher hat er unzählige Mitbürger ins Grab hinein gesungen, wobei sein seitlich gesenkter Kopf die Wehleidigkeit des Gesanges noch verstärkte.

Auch im Chor der Oper wirkte der dicke Schier mit.

Hier war sein Äußeres, jedenfalls meinte das Kippenberg, der »Illusion der Zuhörer oft abträglich«. Manchmal allerdings wurde sie durch ihn verstärkt, zum Beispiel, wenn er in der Oper »Fidelio« von Ludwig van Beethoven inmitten der ihr Schicksal beklagenden Gefangenen erschien.

Dieser Mann war eine urwüchsige Gestalt in Bremen. Er war ein Beispiel dafür, wie fest und selbstbewusst dort auch die so genannten kleinen Leute auf ihren Beinen standen.

Ick bün ick!, hieß es bei diesen Leuten, was übrigens auch Friedrich Engels (1820 - 1895) in seiner Bremer Zeit - er lernte 1838 - 1841 Kaufmann in einer Bremer Zigarren- und Kaffeegroßhandlung an der Schlachte - aufgefallen ist.

Engels beschreibt einen alten Kerl, der »jeden Morgen besoffen vor seine Türe« tritt und der Nachbarschaft mitteilt: »Ick bün Borger!«

Engels legt das allerdings etwas anders aus. Er verdächtigt den alten Bremer, dass er sich beim lieben Gott dafür bedankt, »dass ich nicht bin wie jene Hannoveraner, Oldenburger oder gar Franzose, sondern Bremer Borger tagen baren Bremer Kind«.

Nun gehörte allerdings der dicke Schier nicht zu jenen, die sich morgens besoffen vor ihre Tür stellten und dicke Töne spuckten.

Dazu hatte der dicke Schier gar keine Zeit.

Bei den Konzerten im so genannten »Saalbau des Doms« musste Schier zum Beispiel darauf achten, dass der Saal während der Aufführung der Musikstücke nicht betreten wurde.

Eines Abends rauschte, als das Konzert eben begonnen hatte, eine elegante Dame eilig auf die Tür zu, vor der Schier Wache stand.

Er versperrte ihr den Weg und sagte: »Sie können hier jetzt nich rein. Sie müssen töwen, bis das Stück zu Ende ist.«

Die Dame war empört.

Spitz sagte sie zu dem dicken Schier: »Sie scheinen nicht zu wissen, wer ich bin! Ich bin Frau Konsul ...«

Dabei nannte sie einen in der Stadt sehr bekannten Namen.

»Ick weet wohl«, meinte gemütlich der dicke Schier und klopfte der Dame wohlwollend auf die Schulter. »Se sind eine geborene Tietschen ut'r Neestadt.«

*

Bei einem Essen der Bauherren des Doms wusste die eben genannte Frau Konsul sich mit der Existenz eines Hummers nicht so recht anzufreunden.

Verzweifelt beobachtete ihr Gatte, der Konsul, über den Tisch hinweg ihre vergeblichen Bemühungen, den Hummer brauchbar zu zerlegen.

Da trat der dicke Schier, der die Oberaufsicht beim Essen führte, an ihn heran und sagte, sich herabneigend und mitleidig mit dem Kopf schüttelnd, leise: »Tschä, tschä, Herr Kunsel, dat Feine, dat will un will da nich rein.«

Der Moppen-Onkel – und was Heinz Stöver damit zu tun hat

Wenn die Rede ist vom Moppen-Onkel und vom Bremer Freimarkt, eines der größten deutschen Volksfeste, dann kommt bei älteren Bremern auch gleich das Gespräch auf Heinz Stöver: »Weißt noch, Heinz Stöver, wenn der so am Schnacken war?«

Na, und ob!

Heinz Stöver war Presse- und Reklamechef vom Niederdeutschen Theater, damals in den sechziger, siebziger Jahren des vorigen Jahrhunderts.

Was? Den kennst du nicht? Heinz Stöver?

Mensch, den kannte doch jeder.

Heinz Stöver, das war der, der die Aktion »Ein Dorf geht aus« aus dem Hut gezaubert und damit die Reihen des Niederdeutschen Theaters gefüllt hat.

Die Dorfgemeinschaften fuhren mit Bussen oder mit der Bahn nach Bremen, denn das Niederdeutsche Theater hatte einen »eigenen Bahnhof«, den in Walle, und Heinz Stöver hat die Theaterbesucher entweder an der Stadtgrenze oder auf dem Bahnsteig empfangen. Er stand dann in Uniform als selbst ernannter Akzisemeister an einer von ihm mitgebrachten Schranke.

Jeder musste durch diese Schranke hindurch und bekam einen Begrüßungsschnaps, außerdem einen Stöver'schen plattdeutschen Schnack obendrauf. Danach war man jedenfalls gefestigt für einen fröhlichen Abend im Theater.

Der alte Stöver kriegte es fertig, täglich bestimmte Leute anzurufen, Journalisten zum Beispiel, um ihnen – morgens um halb acht »den schönsten Mittwoch der Woche« zu wünschen oder den »schönsten Donnerstag«.

Überlegen Se mal, morgens um halb acht! Und das bei Journalisten, die bis ein Uhr nachts in der Redaktion gesessen hatten.

Aber so richtig übel genommen hat es ihm keiner.

Heinz Stöver kam eines Tages und sagte beiläufig, er habe die Schulterklopfmaschine erfunden.

Das war zu jener Zeit, als es in den Firmen und überhaupt in der Welt ungemütlicher wurde. Es gab immer weniger Leute, die anderen anerkennend auf die Schulter klopften. Chefs zum Beispiel hielten sich damit sehr zurück.

Wer sich aber vor die von Stöver erfundene mannshohe und etwas klapprige Maschine stellte und einen Hebel bediente, dem wurde von der Maschine auf die Schulter geklopft.

Ein Patent darauf hat Heinz Stöver nicht beantragt, was für seine Bescheidenheit sprach.

Wenn Heinz Stöver, der in den zwanziger und dreißiger Jahren in der Steffensstadt aufgewachsen ist, vom Freimarkt erzählte, dann konnte er sich den gar nicht anders vorstellen als auf dem Grünenkamp in der Neustadt – mit Teufelsrutschbahn, Moritatensänger und Guckkasten.

Wenn man da reinguckte, sah man Schiffsuntergänge und ähnlich gewaltige Katastrophen, von denen man noch nächtelang träumen konnte.

Am schönsten war es für Heinz Stöver bei den Zauberern.

Einmal hat er versucht, einen Zaubertrick nachzumachen. Der Kerl, der Zauberer, ließ immerzu Geldstücke verschwinden, die er dann aus der Nase eines Bauern, der zufällig im Publikum stand, wieder herauszog.

Heinz Stöver wollte das zu Hause seinem Vadder vorführen, und der gab ihm gutmütig ein Geldstück.

Nachher konnten die beiden das Geld nicht wiederfinden, weder in der Nase vom Vadder noch sonst wo. Da hat Heinz Stöver von seinem Vadder eine gelangt gekriegt.

»Gegen den Grünenkamp«, pflegte Heinz Stöver zu sagen, »ist die Bürgerweide heutzutage man nur ’n Abklatsch.«

Aber einer, den alle Bremer kennen und lieben, Georg Droste, der Schriftsteller, der 1935 gestorben ist, der war damals, als Heinz Stöver seinem Vadder das Geld aus der Nase zaubern wollte, schon ein älterer Herr. Der sagte in seinem Buch »Ut mien Muskantentied«:

»Dat use Bremer Freemark sienen Zauber un sienen Reiz verlaren hett, sied de Tied, datt he ut de Midde von’r Stadt, von Marktplatz un Domshof, verswunnen is, daröber sund wie Bremers von’r olen Kante us eens. Nu spält sick dat ja in’r Neestadt af und die ganze Kram is een Geflimmer und Geflammer von elektrisch Maschinenwarks. – Jung-Dütschland, wat dar so rinwaßt, mag jo sienen Nervenprikel an den Kram hebben, aber wi Olen denkt doch wehleidig an de gode ole Tied, an dat behaglige, sinnige Freemark trugge.«

Georg Droste hat noch den Moppen-Onkel erlebt, den er als »son richtige, total verungluckte Scheetbudenfigur« bezeichnete.

Der Moppen-Onkel war ursprünglich ein Selterwasser-Onkel.

Er stand mit seinem Selterwasser-Wagen in den 1870er Jahren am Herdentor.

Der Wagen, der wie ’ne Kommode aussah, war grün, blau und gelb angepinselt. Und man konnte Selterwasser aus der Weser »mit« und »ohne« kriegen. »Mit«, das war ’n Schuss Saft. »Ohne«, das war eben ohne Schuss Saft.

Der Moppen-Onkel, der damals noch nicht an Moppen dachte, war das einzige männliche Wesen in der Runde der Selterwasser-Händler. Alles andere waren junge Damen, die in Bremen allgemein »kohlensaure Jungfrauen« genannt wurden.

Die Sache ging so lange gut und das Geschäft florierte, bis das Medizinalamt die kupfernen Syphons prüfte und dabei feststellte, dass sich im Innern eine Schicht Grünspan angesetzt hatte.

Die Selterbuden mussten daraufhin schließen, und auch die fahrbare Kommode am Herdentor stellte von einem Tag zum anderen ihren Betrieb ein.

Der tüchtige Unternehmer aber stand auf dem nächsten Freimarkt in einer Kuchenbude, wo er vor Grünspan einigermaßen sicher war. Auch mit dem Gesundheitsamt hat er – soweit bekannt – nie wieder Scherereien gehabt.

Mit der Kuchenbude begann die Moppenzeit, und es dauerte nicht lange, da kannte jeder den Moppenonkel.

Der Moppenonkel war ein fröhlicher Typ, der immerzu lachte – über das ganze Gesicht und »mit de Nasenlöker extra«, wie bei Droste überliefert. »Denn de weern so groot, datt he woll son Middelsorte Kartoffeln as Snuftobbak bruken konn.«

Er verkaufte nur eine Sorte Kuchen: Moppen.

Das waren runde, hart ausgebackene braune Kuchen, die sich vor allem unter den Zahnärzten großer Beliebtheit erfreuten. Sie trugen in der zweiten Oktoberhälfte, wenn Freimarkt war, erheblich zur Belebung des Geschäftes der »Kusenbreekers«, der Zahnärzte, bei.

Der Moppen-Onkel war ein »begnadeter Dichter«, der sich mit folgenden Versen auf dem Bremer Freimarkt einzuführen pflegte:

Hurrah, hurrah! Hurrah, hurrah!
Der Moppen-Onkel, der ist da!
Oh, wie nun die Kleinen hoppen,
Wenn sie sehn die süßen Moppen!
Kaufen sich geschwind ein Pfund,
Denn sie sind ja so gesund!
Bei der Bude vor dem Dom
Staut sich nun der ganze Strom.
Erst wolln wir mal Moppen kaufen
Und dann auf dem Markt rumlaufen.
Schön ist's, wenn man aus den Taschen
Kann die süßen Moppen naschen.

Einmal wechselte er seinen Standort, was er den geehrten Kunden durch eine Annonce in der Zeitung ankündigte.

Am Lieben Frauen Kirchhof ist mein Stand,
Mit den bekannten süßen Moppen,
Wo alt und jung vergnügt nach hoppen:
Die dritte Bude von der Obernstraße aus
Schaut der fidele Moppen-Onkel raus.

Er war ein Schnell-Dichter, der sich innerhalb von Sekunden auf seine Kunden einstellen konnte:

Mein Herr, Sie sind wohl Lehrer?
Ich glaube, Sie sind ein Moppenverzehrer!
Gleich werden Sie das Gewünschte kriegen!
Ich will bloß mal eben wiegen.

Oder an die jungen Damen gewandt:

Meine Damen, Sie haben wohl Liebesschmerz?
Och, die Moppen sind gut für's Herz!
Ein Pfund bekommt der liebe Schatz!
O wie süß schmeckt dann son Schmatz!

Danach kamen drängelige Jungs dran:

Sieh da, ihr lieben Kleinen!
Mögt ihr auch wohl von den Feinen? –
Doch wollt ihr keine Moppen kaufen, –
Dann müsst ihr 'n bisschen weiter laufen.

Doch dann wurde auf einmal seine himmelhohe Lyrik zu einer gräsigen platten Prosa, denn die Jungs hatten es gewagt, ein paar Moppen wegzugrabschen:

Je Donnersläge! - Holt jem! Holt se fast, de Heilunken! - Gaunerpack! Pestgod! - Holt jem!

Georg Droste erzählt: »Ut de ›lieben Kleinen‹ weer up eenen Slag Gaunerpack un Pestgod worrn un dat Dichterroß harr'n tiedlang Ruhe und stunde mit ingetrocken Steert hangekoppsch in sienen Stall.«

Aber lange ließ der Moppen-Onkel seinen Kopf nicht hängen.

Weitere Verse, die in die Bremer Freimarktsliteratur eingegangen sind, lauten:

Dor kummt von buten ok Jan Meier,
Wat kost denn nu bi jo de Eier?
Ach, mein Herr vom Kontor,
Kommen Sie ruhig ein bisschen vor!
Kleines Frollein, der neue Hut
Steht Ihnen wirklich gut!
Auch für die Herren von der Post,
Sind die Moppen eine gesunde Kost.
Und den Männern von der Steuer,
Sind sie ganz gewiss nicht zu teuer.
Aha, ein Herr von der Infanterie!
Also, ein Pfund Moppen möchten Sie.
Die Moppen machen frisch und stark,
Und der Soldat kriegt Kraft und Mark.

Das allerdings war schon wieder zu viel. Der Soldat schien überhaupt keinen Sinn für Poesie zu haben. Er rief: »Mensch, wenn du Kluten Unglück doch bloß deine große Klappe halten könntest!«

Aber das war wirklich nur eine Ausnahme. Im Allgemeinen freuten sich die Bremer über die vielen Einfälle des Moppen-Onkels, der selbst dann noch reimte, wenn ihm gar nichts mehr einfiel. Dann rief er:

Leute!
Für heute
Schweigt meine Muse!
Ich mach keine Verse mehr!

Und auf einen Herrn zeigend:

Mach du se!

Heini Holtenbeen

»As ick noch son lüttjen Bötel weer un an Vadder sien Hand dör de Stadt puddelde, heff ick Heini all kennt«, erzählt Georg Droste in seinem Buch »Ut mien Muskantentied«. Wenn Heini Holtenbeen auf Vadder Droste traf, der sein Geld als Schneidermeister verdiente, ging er auf ihn zu und sprach ihn an, denn er kannte ihn von früher.

»Ludewig, Ludewig! Hest nich'n ol' Boxen, ol' Boxen? Olen Rock? Olen Rock? Kiek mal to, kiek mal to! Ich makt wedder god! Ganz gewiß! Kannst di fast up to verlaten! Zehntausend Särge mit sechsdoppeltem Lack schwimmen alle die Weser runter und man soll keinen Menschen totmachen! Schanne weert! Schanne weert!«

Und an die Jungs gewandt, die um ihn herum standen, sagte er: »Geht zu Haus, ihr Panzen!«

Nun dachte Heini Holtenbeen nicht daran, dass ihm Vadder Droste, den er gut kannte, die besten Stücke seines Herrengarderobengeschäftes oder seine eigenen abgelegten Klamotten geschenkt hätte, nee, nee, so war das nicht gemeint.

Heini hielt dem alten Droste ganz selbstverständlich die Hand hin, und der gab ihm einen Groschen.

Danach hatte es Heini eilig. Er war an der Börse »verabredet«. Dort sprudelte seine wichtigste Einnahmequelle – mittags um zwölf, wenn die Börse begann.

In der Börse war es nämlich streng verboten zu rauchen. Daran hielten sich die Bremer Handelsherren. Es war aber für sie eine Ehrensache, kurz vor dem Börsengebäude eine Zigarre anzuzünden, um sie dann – angesichts des stets höflichen und sehr freundlichen Heini Holtenbeens – auf die am Eingang der Börse stehende Zigarrenablage zu deponieren.

Heini Holtenbeen, steife Melone auf dem Kopf, Stock in der Hand, stand neben der Ablage und wartete auf die »Zigarrenstummel«, die er dann entweder selbst weiterrauchte oder in seiner großen Manteltasche verwahrte.

Die ihn kannten, erzählten, er habe den größeren Teil »der Stummels« ein »wenig renoviert« und dann weiterverkauft. Arme Schlucker gab es in Bremen genug, die sich für ein paar Pfennige auch mal 'ne »Bramsil«, wie Heini die Zigarren zu nennen pflegte, gönnten.

Wenn der Kaffeekaufmann Ludwig Roseluis vor der Börse auftauchte, freute sich Heini Holtenbeen besonders. Dann brauchte er nicht einmal an der Zigarrenablage zu stehen. Roselius drückte ihm eine kaum angerauchte Zigarre in die Hand.

Heini sagte dann: »Dank ok schön för den Sonntags-Extra-Zigarrenstummel, Herr Kommerschenrat!«

Dabei plierte er ein bisschen mit den Augen und humpelte unter dem Gespött der Gören von der Börse her über den Markt, vorbei an Eier-Minchen, zur Brauerei und Branntweinbrennerei von Haake & Co. an der Ecke Böttcherstraße.

Bei Haake wollte sich Heini Holtenbeen erst mal einen »Klaren« zu Gemüte führen. Dabei musste er am Stall der Milchwirtschaft im selben Haus vorbei.

Der Stall war ihm ja egal, aber die Milch, igitt! Für Heini Holtenbeens Begriffe hatte jede Art Flüssigkeit, die für den Menschen bestimmt war, scharf und klar zu sein, wobei ausdrücklich betont werden muss, dass Heini kein Trinker war. Wenn er nix hatte, dann hatte er eben nix.

Gebettelt im eigentlichen Sinne hat Heini Holtenbeen nie. Dazu fühlte er sich »zu fein«.

Aber Heini pumpte die Handelsherren gelegentlich an, sozusagen von Geschäftsmann zu Geschäftsmann, von Kollege zu Kollege.

Er sagte: »Kannst mi nich'n halben Groschen leh'n. Ick schrief dat in min Hauptbook in - Pfingsten krist dann wedder.« Aber wie das so ist: Das Wiedergeben vergaß er, was ihm niemand übel nahm. Es hatte ja auch keiner damit gerechnet.

Oder er fragte: »Segg mal, kannst mi nich'n halven Groschen leh'n, för de Peerbahn? Geew di dat Geld anner Dschahr wedder!«

Natürlich erhielt er stets einen halben Groschen. Doch ebenso regelmäßig dachte er gar nicht daran, sich dafür zu bedanken.

Stattdessen empörte er sich: »Wat? Man'n halven Groschen? Flätangel! Schäm die wat!«

Heini Holtenbeen hieß genau genommen - ja, wie hieß er eigentlich?

Der Redakteur Walther Tempelmann vom »Weser-Kurier«, der sich aufgrund seines Engagements für den Schnoor-Verein Heini Holtenbeen mit dem Patenonkel seines Vereins ausführlich beschäftigt hatte, legte drei

Namen zur Auswahl vor: Heini Küberle, Heini Keberle oder Heini Käberle?

Der »Vadder« von Georg Droste sprach von »Heini Käberlein«, meinte aber, dass der richtige Name Käberle sei: »Aber so wat weer jo nix for den Bremer plattdeutschen Tungenslag.« Käberlein war einfacher.

Doch Namen sind Schall und Rauch.

Jedenfalls wurde Heini Holtenbeen im Jahre 1835 an der Tiefer No. 20 als Sohn eines nach der Franzosenzeit zugewanderten böhmischen Schuhmachers geboren, der 1832 in Bremen den Bürgereid geleistet und Henrica Bertram aus Bremen geheiratet hatte. Getauft wurde Heini auf den Namen »Jürgen Heinrich«.

Heini soll ein munterer Knabe gewesen sein, über den man sich keine Sorgen zu machen brauchte. Er war helle und flink und kam nach der Schulzeit im Jahre 1852 in die Lehre bei Tabakküpermeister Hermann Hinrich Trost in der Firma Friedrich Leo Quentell.

Wie es heißt, soll er sich dort sehr patent angestellt haben. Sein Chef war zufrieden und machte sich schon Gedanken über die Zukunft des Jungen.

Doch noch während der Lehrzeit oder gleich danach, als er schon als Geselle arbeitete, fiel er aus einer Bodenluke. Er behielt ein lahmes Bein zurück, und auch in seinem Kopf war fortan nicht mehr alles, wie es hätte sein müssen.

Bei der Küperei konnten sie Heini nicht mehr gebrauchen, denn manchmal war er so durcheinander, dass er Tabak für Kaffeebohnen und Reis für Schafwolle hielt.

Heini wurde Dienstmann. Zeichen seiner neuen Würde war ein Dienstmannsschild an seiner Mütze.

Mit einem klapprigen Handwagen zog er kreuz und quer durch Bremen und »machte Besorgungen« für alle, die ihn gebrauchen konnten.

In den winkligen Gassen in der Innenstadt, ja, sogar in der Steffensstadt kannte er sich gut aus. Die Sache mit den »Besorgungen« hätte, bei allen Abstrichen und bescheidener Lebensführung, ihren Mann ernähren können.

Weil Heini aber mit seinen Gedanken immer woanders war und alles verbruddelte, gab es kaum noch einen, der Lust hatte, ihn zu beschäftigen.

Nach dem Tode seines Vaters wohnte er bis 1867 bei dem Tischler G. C. Schulze im Hause Nr. 8 im Schnoor. Das ging aber wohl irgendwie nicht gut. Er zog um in das Haus Schnoor Nr. 5, wo er oben in einem engen Schuppen ein kleines Kabuff zum Schlafen hatte. Zu erreichen war diese Kammer über eine wackelige Stiege.

Einen Kleiderschrank brauchte er nicht. Sommer und Winter trug er seinen alten formlosen Paletot, auf dem eine geräumige Tasche aufgenäht war. Sie enthielt allerlei Krimskrams und vor allem »de Stummels«, die Zigarrenstummel.

Seine immer wiederkehrenden Schnäcke, mit denen er bekannt wurde und die man heute noch kennt, waren:

»Teindusend Särge swommen de Werser runter und keen Minsch will starben« oder »... und keenen vor mi«.

Jeder Satz wurde abgeschlossen mit »Schanne wert, Schanne wert!«

Die Schande spielte jedenfalls in der Kommunikation des vertüddelten Heinis eine große Rolle.

Seit 1873 stand Heini Holtenbeen in keinem Adressbuch mehr. Wo er nachts unterkroch, blieb sein Geheimnis.

Die einen sagten, er nächtigte unter einem Busch in den Wallanlagen. Die anderen vermuteten ihn unter den Treppen im Neustädter Gängeviertel.

Tagsüber gehörte er zum Bild rund um den Roland.

Sein Frühstückslokal befand sich unter den Rathausbogen. Wenn er Geld hatte, kaufte er sich ein Stück Brot »von gestern« für 'n halben Groschen. Dazu holte er sich beim Schlachter einen Stummel Wurst, der nix kostete, und dann – speiste er vornehm wie ein feiner Herr. Danach ging er an die Pumpe und trank Wasser aus der hohlen Hand.

Hatte er kein Geld, was ja meistens der Fall war, wurde er zum »Rohköstler«.

Er ging zu den Kohlhökerschen auf den Markt und sprach sie an: »Tante, Tante! Hest nich'n gäle Wuddeln? Gäle Wuddeln? Manto manto! Zehntausend Särge und kein Mensch will sterben. Schanne weert, Schanne weert!«

Ein paar gelbe Möhren wurden ihm immer zugesteckt.

Mittags pflegte Heini Holtenbeen meist warm zu speisen.

Er ging in die Küche der Reichshalle in der Hakenstraße oder von achtern aus, von der Sandstraße her, in die Küche des Künstlervereins, wo er sich sofort an die Köchinnen wandte:

»Meine Damen, Mahlzeit Mahlzeit! Riecht mal scheen, meine Frolleins! Eben so scheen wie Sie, mein Frollein! Weiß'n feinen Bräutigam vor Ihnen, Frollein! Is'n Einjährigen, Einjährigen! Kömmt heute Abend! Heute Abend! – Is der Schefkoch nich da? Muss ich nötig mal sprechen! Ganz notwendig.«

Und während er quasselte und quasselte, hatte ihm das Küchenpersonal bereits eine Schüssel mit Essen gefüllt – und es war das schlechteste nicht.

»Da, Heini, putz weg!«

Heini sagte: »Ja ja ja! Zehntausend Särge mit sechsdoppeltem Lack. Sund dat noch nicht mehr worrn? Schanne weert, Schanne weert!«

Dieses Schnorren, was Heini so an sich hatte, so schreibt Georg Droste, wenn auch in plattdeutscher Sprache, fiel keinem auf die Nerven. Heini bettelte nicht. Er gab auch etwas – und wenn es seine dösigen Einfälle waren, die die Leute zum Schmunzeln, wenn nicht gar zum Lachen brachten.

So ging er auch »strammweg« in die Kontore, klopfte vorsichtig an die Tür, öffnete die Tür, und wenn er sie von drinnen wieder zugeschlagen hatte, nahm er seinen Hut ab und legte los:

»Morgen, meine Herren! Tag Tag Tag, meine Herren. Habens all geheert, das Neuste? Eben rausgekommen bei Beesmann! Telegrafenbüro! Großer Dreimaster untergegangen in'n Sicherheitshafen mit Indigo! Ganzer Hafen blitzeblau, meine Herren! Zehntausend ...«

Weiter kam er nicht.

Der Chef hatte dem Stift einen Wink gegeben.

Heini bekam seine »Gebühren für den Bösmannschen Telegrafenbericht« – und dann war er auch schon wieder draußen.

Ende des Jahrhunderts war Heini für einige Zeit von der Bremer Bildfläche verschwunden.

Eines Tages war er wieder da. Er trug einen ordentlichen Anzug und wirkte fast ein bisschen gepflegt.

»Heini«, fragten alle, die ihn kannten, »wo bist du gewesen?«

Die Antwort lautete: »Liekenhus Liekenhus Nordstraten! Mag nich, mag nich! Utneit utneit. Zehntausend Särge in'n Liekenhus Liekenhus Nordstraten.«

Tatsächlich hatte man ihn aber nicht ins Leichenhaus gebracht, sondern ins Armenhaus. Und dort war er »utneit«. Er war einfach ausgerissen.

Als man ihn fragte, ob er denn eine neue Unterkunft bekommen habe, erklärte er mit fester Stimme, dass er bei sehr feinen Leuten untergekommen sei.

Ob er denn dort auch Miete zahle?

Nee, das brauche er nicht, meinte er und fügte allen Ernstes hinzu: »Ick schall dor de Kinner ertrecken!«

Heini Holtenbeen als Kindererzieher.

Als um 1900 herum der Halleysche Komet die Gemüter der Menschen erregte und viele meinten, die

Welt werde untergehen, meinte Heini Holtenbeen, darauf angesprochen, ungerührt: »Wenn die Welt unnergeit, fohr ik na Hannover. Dor heff ick Verwandte.«

Als er einmal von einem Journalisten sehr freundlich, wenn auch ein wenig von oben herab nach seinem Lebenslauf gefragt wurde, antwortete er: »Wat schert di dat!«

Er drehte sich um und ließ den Mann einfach stehen. Manchmal hat er wohl doch einen klaren Kopf gehabt.

Im November 1908 wurde Heini Holtenbeen krank.

Er kam ins St. Jürgen-Asyl und starb dort am 13. September 1909 im Alter von 74 Jahren an einer Lungenentzündung, die er nach einem Schlaganfall bekommen hatte.

Seine letzten Worten sollen gewesen sein: »So mutt ick nu so uthollen, dat ick all de Stummels kaut heff!«

Auf dem Oberneuländer Friedhof wurde er begraben – auf »Kosten der Armenfürsorge«, hieß es damals im Totenbuch. Blumen und Grabkreuz gehörten nicht dazu.

Heini Holtenbeen, könnte er all das lesen, was über ihn im Laufe der Jahrzehnte geschrieben worden ist, er würde vermutlich zu dem Ergebnis kommen:

»Wat schert mi dat!«

Und am Ende käme sein Unvermeidliches: »Schanne wert, Schanne wert!«

So ganz unrecht hätte er nicht!

Lucie Flechtmann kannten die Bremer nur als »Fisch-Lucie«

Ein Bremer Senator, dessen Namen wir für uns behalten würden, wenn wir ihn wüssten, blieb bei einem Gang über den Rolandsmarkt vor dem Stand von Fisch-Lucie stehen.

Ob er nun etwas kaufen wollte, ist nicht bekannt. Vielleicht wollte er Fisch-Lucie nur provozieren, um sich in der Senatssitzung mit einem neuen Schnack der Fischfrau schmücken zu können.

Er beugte sich über den Fisch und sagte laut und deutlich: »Der Fisch stinkt!«

»Wat?«, rief Fisch-Lucie. »Min Fisch schall stinken? Dann sind Se mit Ihrer Näs nich nah genug rangekommen!«

Und links und rechts wehte dem Herrn Senator ein mehrpfündiger Helgoländer Schellfisch um die Ohren, eiskalt und glatt, sodass der hohe Herr schleunigst das Weite suchte.

So schlagfertig konnte Johanna Lucie Henriette Flechtmann (1850 - 1921) sein, die ihren Stand vor der Börse hatte und wegen ihrer Schlagfertigkeit und ihres unerschöpflichen Wortschatzes in Bremen berühmt und gefürchtet war.

Lucie Flechtmann, deren Familie ihr Geld seit 200 Jahren im Fischhandel verdiente, war zweimal verheiratet und hatte 16 Kinder, bei deren Erziehung sie sich später auf ihre älteste Tochter stützte, was den Kindern nicht geschadet hat.

Lucie führte vor allem das Fischgeschäft. Das erforderte ihre ganze Einsatzbereitschaft.

Beim Einkauf der Ware von den die Weser heraufkommenden Kutterfischern kam es darauf an, anderen Mitbewerbern zuvorzukommen.

Fisch-Lucie schaffte sich deshalb ein Boot an, das im Sicherheitshafen in Woltmershausen lag. Mit diesem Boot fuhr sie morgens, wenn es noch dunkel war, die Weser hinunter. Den von See heimkehrenden Fischern war das hin und her schaukelnde Bootslicht schon vertraut.

Denn dieses Bootslicht verhieß ein schnelles und gutes Geschäft.

Lucie Flechtmann kaufte an manchen Tagen alle Kutter leer – mit Handschlag. An dem letzten Kutter machte sie ihr Boot fest und traf auf diese Weise rechtzeitig an der Schlachte ein, empfangen von enttäuschten Konkurrenten, die von den Fischern mit der knappen Nachricht abgespeist worden waren, dass sie ihre Fische bereits an Lucie verkauft hatten. Den Fischern war es nur recht. Ganz abgesehen davon, dass Lucie Flechtmann prompt zu zahlen pflegte.

Die Konkurrenz musste bei Lucie Flechtmann kaufen, was einigen ihrer Mitbewerber gar nicht passte. Sie machten es Lucie nach und kauften sich ebenfalls ein Boot, um den Fischern entgegenfahren zu können.

Aber die Fischer hielten zu Lucie und erklärten den Konkurrenten – obwohl noch kein Handschlag erfolgt war – dass sie alles an Lucie verkauft hätten.

»Hät Lucie all kofft!« wurde zu einem geflügelten Wort.

Lucie Flechtmann war allerdings nicht nur an ihrem Stand auf dem Markt »unschlagbar«. Dietrich Steilen (1880 - 1961), Heimatforscher und Schriftsteller, erzählt in seinem Buch »Tagenbaren högt sik« eine Geschichte, die sich in einer Bremer Straßenbahn zugetragen hat, in der ganz offensichtlich Fisch-Lucie die Hauptrolle spielt.

Die Straßenbahn war bannig voll, sodass viele Fahrgäste stehen mussten.

Ein Mann machte seinen Sitzplatz frei und stieg aus. Ein Kaufmann, der dicht vor ihm stand, wollte sich auf den freien Platz setzen.

Da kam aber von der anderen Seite Fisch-Lucie und wollte ebenfalls Platz nehmen, und, bumms, stießen die beiden zusammen.

Der Kaufmann sagte: »Zwei Seelen und ein Gedanke!«

»Jo, jo«, griente Fisch-Lucie, »veer Arsbacken un een Platz!«

*

Eines Abends, als Lucie am Waschfass stand, brachte eine Nachbarin ein etwa dreijähriges Kind, das markerschütternd plärrte und das bis zur völligen Unkenntlichkeit am Ufer der Weser gespielt hatte.

»Gehört das bei deine?«, fragte die Nachbarin.

Lucie, ohne ihre Arbeit zu unterbrechen, deutete mit einer Kopfbewegung auf eine Ecke, in der es von Kinnern nur so wimmelte, und sagte:

»Schmeiß das Gör man eers mal auf'n Bulten.«

*

Es wäre verwunderlich gewesen, wenn Fisch-Lucie nicht mit Dr. Thulesius zusammengekommen wäre.

Tatsächlich fühlte sie sich eines Tages nicht recht wohl und ging von ihrem Stand die paar Schritte zur Domsheide, wo Dr. Thule seine Praxis hatte.

»Was hast denn?«, fragte der Doktor.

Fisch-Lucie klagte über Halsschmerzen.

Dr. Thule guckte in ihren Mund und meinte, das seien die Mandeln. Er fügte hinzu: »Dat kommt davon, dat Se keene Unnerbüxen antrecken dot.«

»Wenn da so is«, meinte Lucie, »dann, Herr Dokter, kiekt se doch mal fix in mien Ars un seegt mi, ob dat min Hoot noch grade sitt.«

*

Eines Tages musste Fisch-Lucie vor Gericht erscheinen. Als Zeugin, versteht sich.

Es ging um irgendeine unbedeutende Angelegenheit, und der Richter fragte sie, ob sie denn »die entscheidenden Szenen mit angesehen habe«.

»Ich, gesehen?«, fragte Lucie. »Gesehen heff ick dat nich. Nur gehört.«

»Das gilt nicht«, sagte der Richter.

»Dat gilt nich?«, fragte Lucie zurück und ließ sich unter den Ohren der hohen Gerichtsbarkeit einen starken Wind entfahren.

Der Richter war entsetzt.

»Aber Frau Flechtmann, das ist ja unglaublich, wie Sie sich hier benehmen.«

»Woso?«, fragte Lucie Flechtmann in aller Unschuld. »Hefft Se wat sehn?«

*

Lucie Flechtmann stand allerdings auch einmal als Angeklagte vor Gericht.

Es ging um Körperverletzung.

Fisch-Lucie war, hervorgegangen aus gegenseitiger unüberwindlicher Abneigung gegen eine Kollegin, so in Rage gekommen, dass sie den Kopf der Frau mittels eines am Schwanze angefassten Helgoländer Schellfisches etwas entstellt hatte. Nicht schlimm, aber man sah's.

»Dscha«, meinte der Richter zu Lucie. »Sie mögen ja Grund zu ihrer Erregung gehabt haben. Aber, sagen Sie, hätten es da nicht auch ein paar scharfe Worte getan?«

»Och, Herr Richter«, meinte Lucie Flechtmann. »Beleidigen wollt ich ihr dscha nun auch wieder nich.«

*

Johanna Lucie Henriette Flechtmann ist mit 71 Jahren nach einem arbeitsreichen, aber gesegneten Leben gestorben.

Kurz vor ihrem Tode sagte sie zu ihren Kindern: »Bleibt ehrlich und gedenkt immer der Armen!«

Sie selbst hat sich daran stets gehalten.

Nach ihrem Tode erzählte eine einfache Frau aus der Neustadt: Sie sei sehr arm gewesen, und Lucie habe ihr die ganze Aussteuer bezahlt.

Carl Thalenhorst (1875 - 1964), Baudirektor, Senator und Schriftsteller erzählte: »Ihr Begräbnis war wohl eines der großartigsten Bekenntnisse zu echter Menschlichkeit. Der Friedhof war von der Polizei vorher abgesperrt, um die vielen Leidtragenden aufnehmen zu können.«

Vor dem Sarg ging eine Musikkapelle. Etliche Droschken folgten dem Leichenwagen.

Die Leichenfeier wurde für die Menschen in der Neustadt zu einem der bemerkenswertesten Ereignisse des Jahres 1921.

Robert Rickmers

Seine Wurzeln lagen auf der Insel Helgoland und bei Cognac im französischen Departement Charente – eine gute Mischung, zu der obendrein ein Schuss Bremen und Bremerhaven kam.

Robert Henry Rickmers, der Bremer Kaufmann und Industrielle, der sich am wohlsten fühlte auf seinem Gut Hodenberg in Oberneuland und der bei seinen Freunden wegen seiner Scherze und Streiche, aber auch wegen seiner gütigen Art sehr beliebt war, wurde am 21. September 1864 im Château des Asnières bei Cognac geboren.

Sein Vater war der Bremerhavener Schiffbauer und Reeder Peter Rickmers (1836 - 1902), der Mitglied des preußischen Landtages war.

Die Rickmers stammten von der Insel Helgoland, wo sie auch heute noch eine einflussreiche Familie sind.

Die Mutter von Robert Henry Rickmers war Sophie Rickmers (1843 - 1922). Sie war die Tochter des Bürgermeisters Francois Henry Bourand in Cognac.

Robert wurde nach seiner Schulzeit zur Ausbildung zu seinem Onkel Andreas Rickmers in Bremen gegeben. Es war eine strenge Lehre.

Als die Angestellten von Andreas Rickmers meinten, sie müssten zu Robert »Herr Rickmers« sagen, polterte Onkel Andreas: »Herr Rickmers, das bin ich. Der Bengel«, und damit wies er auf seinen Neffen, »heißt Robert.«

Robert Rickmers lernte den Beruf eines Reiskaufmannes und Reisindustriellen. Er unternahm Reisen nach Hinterindien und Ostasien, um die Reiserzeugung unmittelbar kennenzulernen.

Im Jahre 1894 wurde er in den Vorstand des Familienunternehmens Rickmers Reismühlen, Rhederei und Schiffbau AG berufen. Als seine Angestellten ihn als »Herr Direktor« titulierten, sagte er: »Wieso, Direktor? In einem Flohzirkus gibt es einen Direktor. Mein Name ist Rickmers!«

Robert Rickmers war mit der Schauspielerin Elise, genannt Lilly, Lehmann (1869 - 1936) aus Bad Freienwalde (Oder) verheiratet. Die beiden hatten sich im Jahre 1898 in London trauen lassen.

Zusammen mit seiner Frau baute er das Gut Hodenberg zu einem Musensitz aus.

Die beiden scharten Künstler um sich und ließen in einem Naturtheater Bühnenstücke spielen.

Beide Rickmers galten außerdem als sehr naturverbunden und standen in Verbindung mit vielen Heimatfreunden.

Der letzte Wille des im Jahre 1948 gestorbenen Kaufmannes galt daher vornehmlich der Errichtung der Stiftung »Der Hodenberg«, die allen Heimatfreunden Hilfe und Heimstatt bieten sollte.

Bauerndorf Oberneuland

Robert Rickmers' Frau Lilly hatte zu einer Kaffeegesellschaft eingeladen. Es waren alles feine Damen, die in ihrer besten »Kledaje« auftauchten, wie Robert zu sagen pflegte.

Während sich die Damen lebhaft unterhielten, erschien Robert, der seiner Frau etwas auszurichten hatte. Er stand im Salon in seinen Arbeitsklamotten grad so, wie eine »Sög int Pasterhus«, wie eine Sau im Pfarrhaus.

Lilly war der Auftritt ihres Mannes ein bisschen peinlich. Andererseits musste sie ihn mit den Damen bekannt machen, die ihn angewidert musterten.

Robert war schnell wieder draußen. Er begann zu überlegen, wie er den feinen Damen einen Schabernack spielen konnte.

Der Zufall kam ihm zu Hilfe.

In Oberneuland gab es zu jener Zeit noch keine Straßenbeleuchtung. Außerdem fuhren keine Busse. Wer von Oberneuland in die Stadt fahren wollte, musste die Eisenbahn benutzen.

Robert Rickmers ging gedankenschwer die Straße entlang. Dabei traf er einen Bauern, mit dem er ins Gespräch kam. Der Bauer war damit beschäftigt, einen Straßengraben zu reinigen und den Dreck zunächst auf den Fußweg zu werfen.

»Hör mal«, sagte Rickmers zu dem Bauern, »den Kram hier, den Dreck, den lass man bis morgen liegen.«

»Nee!«, protestierte der Bauer. »Das geht nicht. Da kommt mir die Polizei auf den Hals!«

»Die soll man kommen«, sagte Rickmers. »Die schickst du dann zu mir. Ich werd' da schon mit fertig.«

»Wenn das so ist«, meinte der Bauer, »dann soll mir das recht sein.«

Etwas später, es war dunkel geworden, rief Frau Lilly ihren Mann und bat ihn, die Damen zum Bahnhof zu bringen.

»Aber gern, meine Damen«, sagte Robert Rickmers in heuchlerischer Liebenswürdigkeit.

Er knipste das Licht an, damit sie den Weg durch den Park besser finden konnten. Doch auf der Straße war es dunkel.

»So, meine Damen, nun folgen Sie mir mal. Ich kenne den Weg.«

Die Damen folgten.

Robert Rickmers aber ging geradenwegs durch den dicken Matsch, den der Bauer kurz vorher aus dem Graben geholt hatte.

»Oh Gott, oh Gott!«, juchten die Damen. »Das ist ja entsetzlich!«

Robert Rickmers blieb die Ruhe selbst.

»Ja«, sagte er. »So ist das nun mal auf dem Bauerndorf Oberneuland. Aber nun beeilen Sie sich. Ich höre schon den Zug!«

Onkel Robert kriegt seinen Willen

Bei Rickmers war Besuch, 'ne junge Deern aus der Verwandtschaft.

Robert und seine Frau Lilly mochten das Mädchen gern leiden. Sie waren traurig, als sie ihnen mitteilte, dass sie »morgen wieder abreisen müsse«. Das sei zwar schade, aber nicht zu ändern.

Sie fragte: »Onkel Robert, kannst du mich denn morgen zum Bahnhof fahren?«

»Nee, mien Deern, dat kann ich nich«, sagte Robert Rickmers. »Der Wagen is nich frei.«

Da war er aber an der falschen Adresse gelandet.

Das Mädchen wusste es besser. Denn sie hatte schon mit dem Kutscher gesprochen, und der hatte nichts dagegen gehabt, sie zum Bahnhof zu bringen.

Robert meinte: »Der Kutscher, der hat nix zu sagen. Du kannst machen, was du willst – aber morgen kommst du nich weg.«

»Na, das woll'n wir erst mal sehn«, konterte das Mädchen.

Am andern Morgen kam die junge Deern in Reiseklamotten fröhlich die Treppen runter.

Robert stand schon parat. Er fing das Mädchen auf, nahm sie auf den Arm, trug sie in den Garten und warf sie kurzerhand in den erstbesten Graben.

Das Mädchen war den Tränen nahe. Doch Robert lachte.

»Siehst du wohl, mien Deern, dass du vondaag nicht abreisen kannst. Nu komm mal her! Wi wüllt in die Stadt, um dir ein neues Kleid zu kaufen. Das, was du jetzt anhast, das mag ich den ganzen Tag nich leiden.«

Bekömmliche Pilze

Mal waren ein paar Leute zum Abendessen bei Rickmers eingeladen. Es gab Pilze.

Einer der Gäste fragte: »O, Frau Rickmers, was sind denn das für Pilze?«

Lilly Rickmers antwortete: »Die habe ich alle hier im Park geerntet.«

»Kennen Sie die denn auch?«, fragte der Gast.

Da schaltete sich Robert Rickmers ein.

Er sagte: »Nee, die kenn' wir nicht. Aber das is auch nich schlimm. Die werden erst an den Hunden ausprobiert, und wenn die dat vertragen können, dann kriegen unsere Gäste die auch.«

»Aber Robert, ich bitte dich!«, rief Frau Lilly verzweifelt.

Robert aber meinte gemütlich: »Ja, so is dat. Aber esst man ruhig zu. Wir haben die schon probiert. Die tun euch nix.«

Die Zigarre war jedenfalls gut

Robert Rickmers fühlte sich auf seinem Gut Hodenberg am wohlsten in alten Klamotten. So geschah es, dass er eines Tages von einem aus Hamburg angereisten Kaufmann angesprochen wurde, der ihn für einen Bauern hielt.

»He, Sie«, sagte der Kaufmann. »Kommen Sie doch mal her.«

Robert Rickmers kam und der Kaufmann fragte: »Können Sie mir sagen, wo ich das Haus des Kaufmannes Rickmers finden?«

»Ja, da sind Sie ganz richtig«, sagte Robert Rickmers. »Der wohnt hier!«

»Wissen Sie, ob er zu Hause ist?«

Rickmers kratzte sich den Kopf und meinte: »Den habe ich eben noch hier umherlaufen sehen.«

»So, so«, sagte der Hamburger. »Soll ja ein eigenartiger Knopp sein, was?«

»Ja«, meinte Rickmers. »Das soll er wohl sein.«

»Und sie, seine Frau?« fragte der Hamburger. »Sie soll ja auch ein bisschen sonderbar sein.«

»Ja«, bestätigte Rickmers und lachte in sich hinein. »Das kann man wohl sagen. Sonderbar passt genau.«

»Na«, sagte der Hamburger. »Da bin ich aber neugierig auf das Gespann. Komm«, fügte er dann hinzu, »steck dir erst mal eine anständige Zigarre an.«

Robert Rickmers nahm die Zigarre, bedankte sich und zeigte dem Hamburger den Weg zu den Rickmers und meinte: »Wenn Sie da sind, dann pingeln Se man.«

Der Hamburger nahm den Weg, der ihm gewiesen wurde. Robert Rickmers aber war schneller.

Als der Hamburger bei ihm »pingelte«, machte Rickmers ihm die Tür auf und bat ihn in den Flur.

»Ich möchte gern zu Herrn Rickmers«, sagte der Hamburger. »Würden Sie ...«

Da sich seine Augen inzwischen an den dunklen Flur gewöhnt hatten, stutzte er, als er den Bauern von eben wieder sah.

Rickmers aber meinte: »Tscha, wenn Sie zu Rickmers wollen – das bin ich selbst. Aber«, meinte er dann mit Hochachtung in der Stimme, »die Zigarre ist sehr gut. Und nun kommen Sie erst mal rein.«

Clara Hocke und der Drehorgelverleih

Clara Hocke, geborene Taphorn, die 1901 geboren wurde und die bis zu ihrem Tode im Jahre 1981 das Bild des Schnoorviertels geprägt hat – als eine der letzten alten Bewohnerinnen des Viertels, betrieb einen von ihr und ihrem Mann, dem Tischlermeister Heinrich Hocke, gegründeten Drehorgelverleih.

Im Hause Schnoor 14, in dem die Hockes wohnten, lebte auch der Orgelbauer Wilhelm Holl, der die Drehorgeln lieferte, darunter einige sehr schöne Exemplare.

Drehorgeln sind in Bremen sehr wichtig, vor allem als tönendes Requisit beim Domtreppenfegen.

Dazu muss gesagt werden, dass junge Männer, die in Bremen das 30. Lebensjahr vollendet haben, ohne in den heiligen Stand der Ehe getreten zu sein, am helllichten Tag, Zylinder auf dem Kopf, die Domtreppen fegen müssen, und zwar so lange, bis sie von einer unbescholtenen Jungfrau freigeküsst werden.

Den Orgelspielverleih gibt es im Schnoor immer noch.

Clara Hocke aber, deren Mann Mitte der 1960er Jahre starb, wird nach wie vor vermisst von denen, die sie gelegentlich besuchten und einen kleinen Schnack mit ihr hielten. Denn Clara Hocke war nicht mundfaul.

Ihre große Zeit hatte sie während des Freimarkts. Dann verlieh sie nicht nur Orgeln. Sie zog selbst mit einer Orgel durch die Stadt, deren Klänge sie mit ihrem Gesang begleitete. Unvergesslich ist ihr »Gold und Silber lieb' ich sehr ...«.

Wenn sie dann nicht zu Hause war, hinter ihren schneeweißen Scheibengardinen, dann hatte sie einen Zettel an ihre Haustür geheftet mit dem Hinweis: »Bin gleich wieder da!«

Über Bremen hinaus bekannt wurde Clara Hocke, als sie in der Schaubude des Fernsehens auftrat und während des Interviews nicht wusste, wohin mit ihrer Handtasche. Nach langem Hin und Her setzte sie sich schließlich drauf.

Es gehörte im Schnoor zum Ritual, dass die Nachbarinnen, wenn Clara Hocke Geburtstag hatte, zum Gratulieren kamen.

Clara Hocke trug solche Ovationen mit der Gelassenheit eines Menschen, der das Leben kennt. Schon gar nicht ließ sie sich durch so etwas in ihrem Tagesablauf stören.

Dazu gehörte auch, dass sie sich, wenn sie schon zu Hause war, das Fernsehprogramm ungekürzt ansah. Warum sollte sie ausgerechnet an ihrem Geburtstag darauf verzichten?

»Ischa'n büschen laut«, meinte eine der zu Besuch gekommenen Nachbarinnen zur anderen, wobei sie mit einer etwas hilflosen Gebärde zum Ausdruck brachte, dass Kommunikation unter diesen Umständen leider ganz und gar unmöglich sei. »Man kann dscha sein eigenes Wort nich versteh'n.«

Clara Hocke nahm diesen einseitig geführten Dialog überhaupt nicht zur Kenntnis.

Als sie dann aber mal hinausgegangen war, drehte die Nachbarin das Gerät ganz schnell ein bisschen leiser, in der Hoffnung, damit die Grundlage für eine allgemeine Unterhaltung geschaffen zu haben.

Gleich darauf jedoch kehrte Clara Hocke ins Zimmer zurück, stutzte und meinte mit der Besorgnis einer höflichen Gastgeberin: »Ischa wohl'n büschen leise, was?«

Sie drehte das Fernsehgerät wieder auf volle Lautstärke.

*

Für die Sorgen und Nöte der Kreatur hatte Clara Hocke ein tiefes Verständnis, schon deshalb, weil sie selbst mit derlei auf vertrautem Fuße stand.

So brachte sie eines Tages aus ihrem an der Weser liegenden Garten die Nachricht mit, dass die Stare ihre Kirschbäume ratzekahl leer gefressen hatten.

Sie kommentierte das mit den einsichtsvollen Worten: »Macht dscha nix. Die Stare woll'n dscha auch leben.«

Ditha Wegener – und die Schnooreulen

Am liebsten mochte sie den Butterkuchen von Stecker, und wenn wir sie besuchten, Walther Tempelmann und ich, beide Redakteure vom »Weser-Kurier«, dann ließ sie ihren kleinen Laden Laden sein und sagte: »Nun kommt mal rauf und setzt euch erst mal hin. Der Kaffee kommt gleich. Also, was ich sagen wollte ...«

Danach folgte eine ihrer langen Geschichten. Es waren Schnoor-Geschichten, heitere und ernste, alles bunt durcheinander, wie es das Leben so mit sich bringt.

Ditha Wegener betrieb im Schnoor den »Pottladen«. Darin verkaufte sie ihre Töpferwaren. Auch bot sie von ihr entworfene Fliesen mit der Figur des Heini Holtenbeen an und die weithin berühmt gewordenen Schnooreulen.

»Schnooreulen«, ließ sie verbreiten, »bringen Glück!«

Als einer ihrer Freunde eines Tages vorsichtig leise Zweifel anmeldete und meinte: »Mensch, Ditha Wegener, das ist aber waghalsig, den Leuten so etwas zu erzählen. Kannst doch gar nicht beweisen, dass die Eulen Glück bringen.« Da sah sie den Neunmalklugen ganz streng an und erwiderte: »Mein Junge, beweisen kann man so was nie. Man muss dran glauben. Dann klappt es auch.«

Ditha Wegener, die ja nicht mehr die Jüngste war, als sie sich in den sechziger Jahren des 20. Jahrhunderts im Schnoor niederließ, wurde von vielen »Mudder« Wegener genannt, was aber einen alten Freund von ihr auf die Palme brachte.

Er lud mich, das war Ende der 1970er Jahre, zu sich ins Kontor ein und teilte mir gleich zu Beginn mit, dass er ungenannt zu bleiben wünsche, ja, es wäre ihm auch nicht in den Sinn gekommen, sich überhaupt zu Worte zu melden, wenn es da nicht ein Missverständnis gäbe, das berichtigt werden müsse.

Also, um es kurz zu machen. Es handelte sich um Ditha Wegener, die bis zu ihrem Tode kurz vor Vollendung ihres 70. Lebensjahres im Jahre 1972 eine der beherrschenden Persönlichkeiten im Schnoorviertel gewesen ist. Ihre Ideen hatten über ihren Tod hinaus eine nachhaltige positive Wirkung für das alte Viertel.

Immerhin war Ditha Wegener die Initiatorin des Schnoorvereins Heini Holtenbeen, den es noch heute gibt und der sich die Pflege des Schnoorviertels zum Ziel gesetzt hat.

Das Bremer Original Heini Holtenbeen hat einige Jahre im Hause Schnoor Nr. 5 gewohnt. Das Haus gehörte zum Anwesen von Ditha Wegener.

Es gehe nun darum, sagte der auf der Palme sitzende Freund und fragte beiläufig, ob Cognac und Wein gewünscht werde und vielleicht auch ein schwarzer Zigarillo, es gehe also darum, dass Ditha Wegener in den letzten Jahren ihres Lebens als »Mudder« Wegener bezeichnet worden sei.

Dagegen müsse er – bei allem Respekt vor jenen, die meinten, Ditha Wegener mit einem solchen Titel gerecht zu werden – energisch protestieren.

Die Bezeichnung »Mudder« passe auf Ditha Wegener wie die »Faust aufs Auge«. Denn eines sei Ditha mit Sicherheit nie gewesen: ein mütterlicher Typ.

Für sie, für Ditha Wegener, war das Schnoorviertel nur eine Episode, die letzte in ihrem bewegten Leben, in dem jener Herr, der anonym bleiben wollte und den ich der Einfachheit halber »Herrn X« nennen möchte, über weite Strecken die Rolle eines distanzierten, wenngleich wohlwollenden Beobachters spielte, häufig genug auch die eines Helfers und kritischen Freundes.

»Ich möchte mit Ihnen«, sagte er, »auf Ditha Wegener anstoßen.«

Er führte das Glas mit Cognac zum Munde, hielt es noch kurz in der Hand, ehe er es absetzte, und begann zu erzählen.

»Ich habe Ditha Wegener im Jahre 1932 kennengelernt. Ich hatte einen Freund. Der lud mich eines Tages zu einem Atelierfest des in der Ansgaritorstraße auf dem Dachboden eines Hauses lebenden Kunstmalers Arnold Schmidt-Niechciol und seiner Frau ein.

Auf diesem Atelierfest stellte mir mein Freund seine Verlobte vor. Es war Ditha Wegener.

Herr X, der damals - wie sein Freund - ein junger Referendar war, schloss die Bekanntschaft nicht ohne zwiespältige Gefühle.

Der Freund war krank, hatte sich während des Ersten Weltkrieges einen erheblichen Lungenschaden zugezogen, der zwar zur Ruhe gekommen, dann aber wieder ausgebrochen war, nachdem er an einem kalten Wintertag ein Kind aus der Weser gerettet hatte.

Die Braut aber, das erkannte Herr X trotz seiner jugendlichen Unerfahrenheit sofort, war eine Dame, die nach einiger Abwesenheit von Bremen wieder aufgetaucht war und nun Kurs nahm auf den Hafen der Ehe mit einem Partner, der ihr eines vor allem zu bieten in der Lage war: einen festen Platz in der Gesellschaft.

Ditha Wegener, das gehört wohl in diesen Zusammenhang, war zu Beginn des 20. Jahrhunderts als Kind eines Schuhmachermeisters in Bremen geboren worden - Am Schwarzen Meer, was sie im Hinblick auf gesellschaftliche Reputation gern für sich behielt, obwohl sie andererseits zeitlebens ein gutes Verhältnis zu einfachen Leuten gehabt habe.

Mit 17 Jahren löste sie sich von ihrem Elternhaus und schloss sich einem wohlhabenden und hochgebildeten Mann an, der ihr die Möglichkeit gab, die große Welt kennenzulernen.

Sie verkehrte - wie sie später erzählte - im damaligen Paris in jenen Kreisen, die man heutzutage als Jetset bezeichnet, lenkte einen schneeweißen Lancia durch die Straßen der Stadt an der Seine und eignete sich nebenbei perfekte französische und englische Sprachkenntnis an, die ihr - wie wir später erfahren werden - die Chance eröffnete, den Kurs ihres Lebensweges in entscheidenden Momenten zum Guten zu verändern.

Zwischendurch hatte Ditha Gelegenheit, am Staatlichen Bauhaus zu studieren, eine Ausbildung, die ihr in der letzten Phase ihres Lebens zustattenkommen sollte.

Man weiß, dass am Bauhaus, das im Jahre 1919 von Walter Gropius (1883 - 1969) in Weimar gegründet worden war und später nach Dessau verlegt wurde, handwerklich technisches Können als unerlässliche Grundlage für jedes künstlerische Schaffen angesehen wurde. Bauhausschüler waren stets nicht nur Künstler. Sie waren auch erstklassige Handwerker.

Doch zurück in das Jahr 1932, zurück zum Atelierfest auf dem Dachboden des Hauses Ansgaritorstraße.

Herr X, das verstand sich von selbst, akzeptierte die Braut des Freundes. Im Übrigen hatte er nicht viel Zeit, sich Gedanken über diese Verbindung zu machen. Denn er wurde an diesem Abend durch andere spektakuläre Ereignisse abgelenkt.

Herr Schmidt-Niechciol nämlich, von dem noch die Rede sein wird, sorgte für einen - jedenfalls aus der Sicht junger Bremer Bürgersöhne - ungewöhnlichen Verlauf des Festes.

Er zog sich - unter dem Einfluss allzu heftigen Schnapsgenusses offenbar von dem unwiderstehlichen Wunsch nach einem kulinarischen Erlebnis geplagt - sein Hemd vom Körper und ließ es in der Pfanne braten, nachdem er zuvor ordentlich Fett hineingegeben hatte. Schließlich versuchte er, eine Schreibmaschine aus dem Fenster zu werfen. »Und da«, so erinnerte sich Herr X, »sind wir weggegangen.«

Einige Zeit später haben der junge Referendar und Ditha Wegener geheiratet.

Es herrschte aber in jener Zeit eine ungeheure Arbeitslosigkeit unter den Juristen. Wer keine Stellung fand, der eröffnete ein Anwaltsbüro.

Das tat auch der junge Ehemann. Er mietete Büroräume. Seine Frau Ditha »trieb ihm Mandanten zu«, wie es Herr X nicht ohne Hochachtung vor der Betriebsamkeit der jungen Ehefrau formulierte.

Die beiden haben sich recht und schlecht durchgeschlagen. Der Ehemann starb 1936 oder 1937.

In dieser letzten Lebenszeit seines Freundes fand Herr X zu dessen Frau jenes freundschaftliche Verhältnis, das - wohl wegen der von ihm stets peinlich eingehaltenen Distanz - niemals ernstlich erschüttert wurde.

Herr X erzählte später: »Sie hat sich damals, als es mit ihrem Mann zu Ende ging, rührend gekümmert. Sie hat sich bewährt!«

Herr X, beeindruckt von ihrer Tapferkeit und beseelt von dem Wunsche, ihr das Leben so angenehm und sorgenfrei wie möglich zu gestalten, vermittelte ihr für die viel zu große Wohnung einen Untermieter.

Dieses jedoch muss sie völlig missverstanden haben. Denn innerhalb weniger Wochen kündigte sie ihre bevorstehende Eheschließung mit dem Untermieter an.

Herr X, der sich daraus - bei richtiger Einschätzung der Lage - nichts Gutes versprach, versuchte den ihm bekannten Untermieter, einen Arzt, von seinem Vorhaben abzubringen. Er ließ sich in einem Gespräch mit ihm, das im Wartesaal 1. Klasse des Bremer Hauptbahnhofs stattfand, dazu hinreißen, die Kochkunst der jungen Braut in Zweifel zu ziehen.

Allein, der betörte Doktor war nicht mehr zu beeinflussen. Er petzte sogar daheim, sodass Ditha

Wegener sich bemüßigt sah, bei Herrn X anzurufen und ihm Vorhaltungen zu machen – vor allem im Hinblick darauf, dass er ihre Kochkunst infrage gestellt hatte, was in der Tat ungerecht gewesen war. Denn kochen konnte Ditha Wegener vorzüglich.

Es wurde eine gewaltige Hochzeit gefeiert.

Dann kam das Jahr 1939.

Herr X wurde Soldat. Er verlor Ditha Wegener aus den Augen.

Bald erfuhr er, dass die Ehe mit dem Arzt tatsächlich nicht gut gegangen und inzwischen wieder aufgelöst worden war.

Als er im Jahre 1941 einmal für längere Zeit in Bremen weilte, traf er Ditha Wegener wieder. Da hatte sie einen neuen Ehemann – Herrn Wegener. Der war Journalist und – wie es sich zum Erstaunen des Herrn X herausstellte – ein ehrenhafter Mann.

Nach dem Kriege fanden Herr X und seine Familie wieder eine Bleibe in Bremen. Beruflich sah es für ihn allerdings düster aus. Seine Kenntnisse waren noch nicht wieder gefragt, eigneten sich schon gar nicht als Tauschobjekt, um an dringend benötigte Nahrungsmittel oder Kleider heranzukommen.

Eines Tages, so erinnerte sich Herr X, »überraschte es mich wenig angenehm, als vor der Tür meines Hauses ein britischer Panzerspähwagen hielt«.

Während er noch überlegte, welches Unheil dieses militärische Aufgebot ihm bringen werde, entstieg dem Wagen – Ditha Wegener, in englischer Uniform!

Sie brachte reichlich Konserven aus britischen Heeresbeständen und allerlei Wollsachen mit und wartete mit einer ausführlichen Schilderung jener Jahre auf, während der Herr X infolge kriegsbedingter Abwesenheit nicht als Beobachter hatte dabei sein können.

Ditha Wegener war in diesen Jahren auch gar nicht in Bremen gewesen.

Zunächst, so berichtete sie, sei ihr Mann, der mit dem letzten Gauleiter Weser-Ems und Reichsstatthalter von Oldenburg und Bremen, Paul Wegener, eng verwandt war, nach Berlin in das Propagandaministerium von Joseph Goebbels versetzt worden. So sei sie also einige Jahre in Berlin gewesen, bis sich dort das Ende ankündigte.

Ditha Wegener gehörte zu jenen, die den Braten frühzeitig rochen. Sie machte ihrem Manne klar, dass es Zeit sei, möglichst rasch zu verschwinden.

Der war zunächst sauer, weil er darin eine Fahnenflucht sah, mithin etwas Unehrenhaftes. Doch der Lebenswille seiner Frau war stärker.

Die Wegeners landeten auf zeitbedingten Umwegen in Dangast bei Varel, wo die Wegeners zu Hause waren und das zu jener Zeit von den Alliierten noch nicht besetzt worden war.

Die ließen allerdings nicht lange auf sich warten.

Kanadische Truppen rückten an, um den Ort zu erobern. Dazu kam es aber nicht.

Ditha Wegener trat den Kanadiern – völlig unautorisiert – mit einer weißen Fahne entgegen und leitete die Kapitulationsverhandlungen ein.

Die kanadischen Soldaten ernannten sie daraufhin zum Bürgermeister von Dangast, was sich aber nicht durchsetzen ließ. Sie wurde stattdessen Dolmetscherin bei den Kanadiern.

Noch viele Jahre später erzählte sie mit sichtlichem Vergnügen, dass sie jungen kanadischen Soldaten die Grundbegriffe der deutschen Sprache vermittelt habe, vor allem aber den überaus wichtigen Satz: »Fräulein, woll'n wir in den Wald gehen?«

Mit diesem Einfühlungsvermögen in die Wunschvorstellungen junger Krieger habe sie sich deren Herzen erschlossen.

Als die Kanadier abrückten, stand Ditha Wegener vor dem Nichts. Sie schmiedete aber sogleich neue Pläne, in die sie einen Pastor aus Oldenburg mit einbezog. Sie machte ihm den Vorschlag, in Dangast ein Mütterheim der Inneren Mission zu eröffnen.

Dieser Pastor, der es später noch zu hohen Ehren brachte, muss wohl von Ditha Wegener sehr angetan gewesen sein. Ganz sicherlich hatte er ihre besonderen Fähigkeiten im Umgang mit Behörden erkannt.

Er eröffnete ihr eines Tages, dass seine Kirche in Hude einen Bauernhof besitze, der ein Kinderheim werden solle. Leider aber stünden der Verwirklichung dieses Planes schier unüberwindliche Schwierigkeiten im Wege, nämlich die betrübliche Tatsache, dass der Hof von so genannten Zwangsmietern bewohnt werde. Wenn sie, Ditha Wegener, es schaffe, diese Zwangseinquartierung rauszukriegen, könne sie das Kinderheim übernehmen.

Im Handumdrehen waren die Zwangsmieter draußen. Das Kinderheim wurde eröffnet. Ditha Wegener übernahm die Leitung.

Ihr Mann, wegen seiner braunen Vergangenheit immer noch in Deckung, erhielt kleinere unauffällige Aufgaben zugewiesen. Das Heim florierte.

Ditha Wegener hätte zufrieden sein können. Sie war es nicht. Denn wenn etwas lief – und obendrein problemlos, dann wurde es ihr bald langweilig. Sie brauchte Aktionen und fand schnell ein neues Opfer.

Es gab da einen finanzstarken Mann, der auf der Suche war nach einer todsicheren Geldanlage.

Dem machte sie klar, dass die Finanzierung eines feinen Restaurants eine besonders glückliche Art der Investition überschüssiger Gelder sei. Vor allem dann, wenn sie, Ditha Wegener, die Leitung des Restaurants übernähme.

Bald darauf erfuhren ihre Freunde, dass in Hude ein neues Restaurant eröffnet worden sei, die »Ente«. Es war in der Tat ein gepflegtes Lokal.

Eine glückliche Hand jedoch hat Ditha Wegener in dieser Zeit nicht gehabt.

Sie trennte sich von ihrem Mann, der inzwischen die Leitung des Kinderheimes übernommen hatte und nicht mitmachen wollte, als seine Frau im Begriffe war, die Grenzen zwischen Kinderheim und Restaurant auf dem Gebiete der Lebensmittelbeschaffung zu verwischen.

Sie trennte sich auch von guten Freunden und umgab sich mit Ratgebern, die nur auf ihren eigenen Vorteil bedacht waren.

Das Restaurant ging pleite.

Wieder einmal stand Ditha Wegener vor dem Nichts.

Eines Tages stand sie geknickt bei Herrn X vor der Tür, und der sagte ohne viel Umstände: »Komm an meine Brust, Ditha, jetzt trinken wir erst einmal einen Schnaps miteinander.«

Herr X beendete an dieser Stelle seine Erzählung, schenkte erneut einen Cognac ein, führte das Glas - halb nachdenklich, halb genüsslich - zum Mund und trank.

Dann fuhr er fort: »Und jetzt kommt das Unglaubliche.«

Ditha Wegener war nämlich gekommen, ihm, dem alten Freund, ein Geheimnis anzuvertrauen, das er - und wohl zum ersten Male in ihrem Leben schwang in ihrer Stimme etwas Flehendes - um nichts in der Welt preisgeben dürfe.

Sie arbeite, so sagte sie, bei einem Bremer Spediteur - als Putzfrau.

Herr X schluckte ein bisschen.

Er meinte: »Wer Ditha Wegener kannte, der wusste, dass sie auf ihre gesellschaftliche Wertung sehr bedacht war. Als Putzfrau zu arbeiten - das musste für sie die tiefste Erniedrigung bedeuten. Das konnte ich ihr auch nicht ausreden.«

Aber bald änderte sich einmal mehr ihre Lage.

Eines Morgens war sie im Kontor des Spediteurs mit ihrer Arbeit beschäftigt, als das Telefon klingelte. Ein Kunde aus Frankreich war am Apparat. Er war des Deutschen nicht mächtig.

Für Ditha Wegener, für die Putzfrau, war das kein Problem. Sie führte das Gespräch zu einem guten und auch wohl profitablen Ende, erstattete später dem

Spediteur Bericht, und der machte sie auf der Stelle zur Sachbearbeiterin.

In die ersten Wochen nach ihrer Rückkehr nach Bremen fällt auch ihre Wiederbegegnung mit ihrem alten Freund Arnold Schmidt-Niechciol und seiner Frau, die damals in großer Armut in der dritten Etage eines Hauses in der Parkstraße lebten.

Arnold Schmidt-Niechciol hatte es zeit seines Lebens nicht verstanden, einflussreiche Menschen für sich einzunehmen, um auf diese Weise das einigermaßen erträgliche Leben eines allgemein geschätzten Künstlers zu führen.

Der im Jahre 1892 in Klein Schmograu bei Breslau als Sohn eines Gymnasialdirektors und seiner aus polnischem Adel abstammenden Frau geborene Arnold Schmidt-Niechciol gab sich in seinen Umgangsformen bösartig und abstoßend, was durch seinen wenig einnehmenden Habitus auch noch hervorgehoben wurde.

Schmidt-Niechciol war infolge einer missglückten Operation halbseitig gelähmt und überdies gehbehindert. Er verfügte dennoch vor allem durch den Ausdruck seiner Augen über eine große Anziehungskraft auf Frauen.

Herr X erinnerte sich, dass er einmal – in einem Zusammenhang, der eine solche Bemerkung erlaubte, ohne dass sie als taktlos hätte empfunden werden können – Frau Schmidt-Niechciol gegenüber auf die unbestreitbare Tatsache hingewiesen hatte, dass ihr Mann in seinem äußeren Erscheinungsbild nicht gerade als eine Schönheit bezeichnet werden könne.

Frau Schmidt-Niechciol habe ihn, Herrn X, daraufhin einigermaßen verständnislos angesehen und geantwortet: »Ach, das ist mir überhaupt noch nicht aufgefallen.«

Es passte wohl zu Arnold Schmidt-Niechciol, dass er in den letzten Jahren seines Lebens einen kleinen Hund besaß, der ihn an Bösartigkeit noch übertraf und jeden Besucher mit größter Heftigkeit angriff.

Natürlich fiel er auch Ditha Wegener an, als sie zum ersten Male nach langen Jahren bei den alten Freunden vorbeischaute. Sie griff sich den Hund in ihrer beherzten Art und verprügelte ihn derart, dass er sich ihr fortan nur noch mit ausgesuchter und schweifwedelnder Höflichkeit näherte.

Anderen gegenüber freilich behielt er sein unfreundliches Wesen bei.

Als Arnold Schmidt-Niechciol wenige Wochen nach Ditha Wegeners Besuch und offenbar aufgrund ihrer Vermittlung mit einem Kunstpreis ausgezeichnet wurde und ein Bremer Senator diesen Preis – der immerhin mit einem Geldbetrag verbunden war – bei Schmidt-Niechciol abliefern wollte, wurde er von dem sich geradezu hysterisch gebärdenden Hund aus dem Haus getrieben.

Es darf nicht unerwähnt bleiben, dass der Hund von seinem Herrn zu diesem schlechten Benehmen ermuntert worden war.

Als Arnold Schmidt-Niechciol im Jahre 1960 starb, fand seine Witwe in Ditha Wegener eine hilfreiche Freundin.

Die beiden Frauen ordneten den Nachlass des begabten Künstlers, und es ist nicht zuletzt Ditha Wegeners Verdienst, dass es im Jahre 1962 in der Bremer Kunsthalle zu einer Sonderausstellung des Werkes von Schmidt-Niechciol kam.

Nach dem Tode von Frau Schmidt-Niechciol wurde das Werk ihres Mannes in den Besitz des Schnoorvereins Heini Holtenbeen eingebracht. Es wird heute von der Kunsthalle Bremen betreut.

Ditha Wegener hatte inzwischen ihr Haus im Schnoor bezogen - zusammen mit einer langjährigen Freundin. Sie hatte sich einen Namen mit den Schnooreulen gemacht. Sie war in Bremen angesehen und - gefürchtet, je nachdem.

Wie zu allen Zeiten verstand sie es, mit denen, die oben standen, umzugehen, sie für sich einzunehmen und auch zum Wohle anderer zu beeinflussen.

Einer ihrer alten Freunde erinnert sich, dass ihm diese Begabung möglicherweise einmal von großem Nutzen gewesen sei.

Das war damals, in der braunen Zeit, als der Bürgermeister Böhmker in Bremen regierte, ein Mann, der einen schlechten Ruf hatte, der aber in den besseren Bremer Kreisen als »immerhin ehrlicher Schläger« galt.

Zu diesem Bürgermeister hatte Ditha Wegener auch einen »Draht«. Sie soll ihn genutzt haben, als der Freund in die Falle der Gestapo geraten war. Sie besuchte den Bürgermeister und stahl - in einem unbeachteten Augenblick - von seinem Schreibtisch die den Freund belastenden Akten.

Der Entschluss und die Geschicklichkeit, eine solche immerhin lebensgefährliche Tat durchzuführen, so sagte Herr X rückblickend, seien ihr durchaus zuzutrauen gewesen.

Ditha Wegener war vielseitig begabt.

Sie war eine Künstlerin.

Sie war auch eine Schriftstellerin und hatte ein Buch über ihre Kindheit geschrieben, dass bei Friedrich Trüjen in Bremen im Jahre 1946 unter dem Titel »Ich heiße Anne« erschienen ist. Es sind »Bilder einer heiteren Kindheit«. Und folgende Verse aus Ditha Wegners Feder stammen aus dem Bändchen »Wiegenlieder«, das ebenfalls in Bremen im Paul Meyer Verlag herauskam:

Schlaf mein Kind in meinem Schoß.
Die Sonne ist müd wie du.
Sie geht schon ihr Wolkenschloss
Und schließt die Türe zu.
Schlaf mein Kind, schlaf unbewegt.
Das Veilchen ist müd wie du.
Es hat sich in das Gras gelegt
Und macht die Blüte zu.
Schlaf mein Kind, schlaf tief und lang.
Der Wind ist müd wie du.
Er macht noch einen Abendgang
Und summt ein Lied dazu.

Ja, da sind nun in dieser Geschichte, die eine Würdigung des Menschen Ditha Wegener sein sollte, manch negative Dinge gesagt worden, die – bei flüchtigem Hinsehen – kein gutes Licht auf diese bemerkenswerte Frau werfen.

Aber der Schein trügt!

Herr X sagte in einem Resümee:

»Wenn ich mich heute frage, ob Ditha Wegener je in ihrem Leben Böses getan hat, dann muss ich antworten: Nein! Sie hat es nicht. Sie hat sicherlich manche ihrer Mitmenschen verletzt, aber auch ebenso vielen Mitmenschen aufopfernde Hilfe geleistet.«

Herr X hielt inne, nahm einen Schluck Cognac und meinte dann: »Sie war ein Original von hohen Graden.«

Weitere lieferbare Titel von Hermann Gutmann

Der chinesische Trauermarsch
Meine Neunzehnhundertvierziger Jahre
112 S. / 8.00 € / ISBN 978-3-8378-1111-7

Bremer Bräuche
96 S. / 8.00 € / ISBN 978-3-86108-156-2

Bremer Geschichte(n)
96 S. / 8.00 € / ISBN 978-3-86108-158-6

Sagen und Geschichten aus Bremen
96 S. / 8.00 € / ISBN 978-3-86108-163-0

Die Böttcherstraße
106 S. / 8.00 € / ISBN 978-3-8378-1103-2

Der Ratskeller zu Bremen
176 S. / 8.00 € / ISBN 978-3-86108-191-3

Roland und seine Brüder
132 S. / 8.00 € / ISBN 978-3-86108-173-9

Was sich die Bremer am Herdfeuer erzählten
120 S. / 8.00 € / ISBN 978-3-86108-351-1

Bremerhavener Erinnerungen
128 S. / 8.00 € / ISBN 978-3-86108-166-1

Sagen aus Bremerhaven und umzu
96 S. / 8.00 € / ISBN 978-3-86108-348-1

Verdener Geschichten
96 S. / 8.00 € / ISBN 978-3-86108-196-8

Worpsweder Geschichte(n)
120 S. / 8.00 € / ISBN 978-3-86108-169-2

Ehe-Geschichten
144 S. / 8.00 € / ISBN 978-3-86108-152-4

Felix, seine liebe Frau Moritz und andere Leute
128 S. / 8.00 € / ISBN 978-3-86108-167-8

Ein Gruß aus der Küche
112 S. / 8.00 € / ISBN 978-3-8378-1109-4

Heini Holtenbeen, Mudder Cordes & Co.
120 S. / 8.00 € / ISBN 978-3-8378-1106-3

Hochzeit machen, das ist wunderschön
144 S. / 8.00 € / ISBN 978-3-86108-999-5

Kohl- und Pinkelgeschichten
124 S. / 8.00 € / ISBN 978-3-86108-175-3

Schmunzelgeschichten
112 S. / 8.00 € / ISBN 978-3-86108-165-4

Seemannsgeschichten
136 S. / 8.00 € / ISBN 978-3-86108-172-2

Tünnermann geht in Rente ...
112 S. / 8.00 € / ISBN 978-3-8378-1101-8

Weihnachtsgeschichten
128 S. / 8.00 € / ISBN 978-3-86108-168-5

Wenn wir unsere Oma nicht hätten
96 S. / 8.00 € / ISBN 978-3-86108-193-7

Wenn wir unsern Opa nicht hätten
96 S. / 8.00 € / ISBN 978-3-8378-1107-0

Hamburger Bräuche
128 S. / 8.00 € / ISBN 978-3-8378-1104-9

Hamburger Geschichte(n)
116 S. / 8.00 € / ISBN 978-3-86108-198-2

Hamburger Sagen
128 S. / 8.00 € / ISBN 978-3-86108-349-8

Hamburg schmunzelt
128 S. / 8.00 € / ISBN 978-3-86108-190-6

Hamburger Weihnachtsgeschichten
128 S. / 8.00 € / ISBN 978-3-86108-072-5

Hannöversche Geschichten
112 S. / 8.00 € / ISBN 978-3-8378-1110-0

Kieler Geschichte(n)
128 S. / 8.00 € / ISBN 978-3-86108-990-2

Lübecker Geschichte(n)
112 S. / 8.00 € / ISBN 978-3-8378-1108-7

Ostfriesland erzählt
112 S. / 8.00 € / ISBN 978-3-8378-1105-6

CD Weihnachtsgeschichten –
Dirk Böhling liest Hermann Gutmann
1 CD ca. 60 Min. / 4.90 € / ISBN 978-3-8378-6005-4

»Hermann Gutmann ist berühmt für seine spitze Feder und seinen generationsübergreifenden Humor.«
WESER-KURIER

www.edition-temmen.de